Dello stesso autore in edizione Garzanti:
Con la morte non si tratta
Le cose che non ti ho detto
Rossoamaro
Colpi di coda
Il profumo delle bugie
Lo spaventapasseri
Fragili verità

Bruno Morchio

Un conto aperto con la morte

Garzanti

Prima edizione: settembre 2014
Prima ristampa: novembre 2014
Prima edizione negli Elefanti Bestseller: giugno 2016

Per essere informato sulle novità del Gruppo editoriale Mauri Spagnol visita:
www.illibraio.it

ISBN 978-88-11-67197-8

Pubblicato in accordo con Grandi & Associati, Milano

Printed in Italy

www.garzantilibri.it

UN CONTO APERTO CON LA MORTE

Ai miei lettori

1.

TUTTO COMINCIA SEMPRE CON UNA TELEFONATA

Era una di quelle mattinate di giugno in cui il mare esplode contro gli scogli e l'aria si gonfia di sale conservandosi limpida e fresca, senza impregnarsi di umidità. Da noi se ne conteranno due o tre all'anno, di giornate così. Da sud-est soffiava uno scirocco secco e il cielo metteva in mostra un azzurro da togliere il respiro. Il sole di mezzogiorno proiettava sulla superficie del mare uno specchio abbagliante e a ridosso della scogliera cangianti arcobaleni fiorivano e si dileguavano nel vapore degli spruzzi.

Era lunedì e a goderci lo spettacolo eravamo in pochi. Qualche frequentatore abituale con la pensione assicurata, coppie di studenti che tra un sogno d'amore e un impeto di trasgressione avevano bossato la scuola, turnisti in libera uscita e precari abbastanza avanti negli anni da avere maturato la convinzione che la precarietà è la sostanza dell'esistenza.

Stavo seduto su una delle panchine affacciate alla balaustra della passeggiata di Nervi, a metà strada tra il porticciolo e Capolungo, rigirando il taccuino e una matita fra le mani. Frugavo nei rebighi di una mezza storia che mi ronzava indolente e confusa nella testa, senza troppa convinzione. Tra una sbirciata al promontorio di Portofino, che sembrava così vicino da poterlo toccare, e uno sguardo alla lingua di capo Mele allungata nel blu di ponente, mi sforzavo di concentrarmi sulla trama di un nuovo romanzo che avrei dovuto consegnare da lì a sei mesi. Almeno così era scritto sul contratto che mi aveva fruttato un anticipo tanto cospicuo quanto assillante. Di tanto in tanto buttavo giù un appunto – il carattere di un personaggio, la sua fisionomia, un brandello di intrigo –, quando all'improvviso il cellulare cominciò a vibrare.

Una voce femminile che rivelava la fretta e l'asetticità di chi sbriga un lavoro per conto terzi.

«Il dottor Gian Claudio Vasco?»

«Sono io.»

«Le passo il senatore Almansi.»

Dopo qualche secondo, colorito dalle note della *Tempesta sul mare* di Vivaldi, la voce leggermente acuta d'un uomo, impacciata da un'esitazione che poteva essere disagio o incertezza, domandò: «Parlo con Gian Claudio Vasco?».

«Sì.»

«Scusi il disturbo. Mi sono permesso di chiedere il suo numero di cellulare a una comune conoscente, l'avvocato Gina Aliprandi. Ha presente?»

Come dimenticare un vulcano in perenne eruzione, una santabarbara in fiamme, un'alluvione di energia come Gina Aliprandi? Ci eravamo conosciuti qualche anno prima durante una vacanza nelle isole greche, sulla barca a vela di un pittore tanto estroso quanto matto da legare. Gina conosceva i miei libri ed eravamo diventati amici. Tornati a Genova avevamo preso l'abitudine di andare al cinema ogni mercoledì sera senza aspettare l'uno dall'altro niente più che compagnia, quella compagnia che aiuta i single irriducibili come noi a preservare i vantaggi della libertà dalle insidie della solitudine.

«Il suo lavoro consiste nello scrivere romanzi gialli...»

«Se vogliamo dire così.»

«Mi chiamo Cesare Almansi e sono...»

«Lo so chi è, alle ultime elezioni le ho anche dato il mio voto.»

«Questo mi onora, dottor Vasco. Ho letto un suo romanzo, *Ad armi pari*...»

«Dispari, senatore. *Ad armi dispari.*»

«Ma certo, che stupido. La mia memoria non è più quella di un tempo...»

«Lasci perdere. In Italia è invalsa la pessima abitudine di

escogitare titoli sempre più rutilanti per nascondere la pochezza del contenuto dei libri.»

«Sono d'accordo. E che dire del risalto dato alle copertine? Ricorda la sobria composizione di quelle di una volta?»

«Eh, sì. "Chiacchiere e distintivo", anche per la letteratura.»

Gli uscì una risata di cuore, quasi puerile, ma durò poco e riprese con fatica come se qualcosa lo inceppasse.

«Voglio dire che ho grande stima del suo lavoro e ho pensato che fosse la persona giusta per un incarico che mi sta molto a cuore.»

Stavo per rabbrividire al pensiero che mi chiedesse di scrivere la sua biografia autorizzata, quando aggiunse: «Un mio caro amico, un uomo di grande valore, non può uscire di casa perché una pallottola gli ha fratturato le prime due vertebre cervicali. Viaggiava in Vespa ed è sopravvissuto per miracolo, grazie al casco che ha assorbito in parte il colpo. La caduta gli ha anche provocato un trauma cranico ed è rimasto in coma per diversi giorni. L'hanno operato d'urgenza e l'ematoma è stato riassorbito, ma il problema più serio resta la lesione della colonna spinale. Ci siamo adoperati per trovare un centro di alta specializzazione dove le vertebre possano essere riparate, ma si tratta di un intervento molto rischioso. Abbiamo contattato diversi chirurghi, in Europa e negli Stati Uniti, e i soli che ci hanno dato qualche speranza sono stati i medici di una clinica americana dove sarà ricoverato in settembre. Al momento è costretto in un presidio ortopedico che gli blocca la testa e il collo».

«Gli hanno sparato?»

«Sì, il proiettile ha perforato il casco ed è uscito dall'altra parte, ma nella sua traiettoria ha danneggiato l'atlante e l'epistrofeo ed è stupefacente che le schegge ossee non abbiano leso il midollo.»

«È immobilizzato?»

«Si muove e cammina – sia pur con grande circospezione – assistito dalla figlia e dalla colf nubiana. Assume farmaci, soprattutto antidolorifici, ma è perfettamente lucido, legge, si nutre da solo, ascolta musica e ogni tanto riceve gli amici più cari. Ma è conscio che basterebbe uno spostamento millimetrico di un frammento osseo per provocare danni irreparabili: potrebbe restare tetraplegico o addirittura», qui fece una pausa e deglutì, «*morire.*»

«Quando è successo?»

«Il giorno stesso in cui sono stato eletto. Lavorava per me.»

«Non starà parlando dell'investigatore privato Bacci Pagano?»

«Sì, proprio lui», rispose con un tono amareggiato da cui trapelavano sconforto e tanta rabbia, quasi che l'averlo nominato costituisse una colpa.

«Di cosa si tratta?» domandai più per curiosità che altro, consapevole che avevo un impegno pressante da onorare e che non mi sarei potuto permettere nessuna distrazione.

«Se lo conosce, avrà letto delle sue indagini sui giornali.» E poi, virando su un tono leggero, quasi sbarazzino: «Che ne direbbe di farsele raccontare da lui e farne un libro?».

«Mi sta proponendo di scrivere una biografia?»

«Non proprio», rispose e la voce si impigliò di nuovo in un groppo di imbarazzo. «Sto parlando di crimini, delitti, inchieste di polizia. Il dottor Pagano collabora da oltre vent'anni con la sezione omicidi della questura. Mi scusi, ma lei non è uno scrittore di gialli?»

«Non proprio», replicai a mia volta. «E comunque uno scrittore di finzione. La cronaca nera non mi interessa.»

«Non apprezza operazioni come *A sangue freddo* di Capote?»

«Apprezzo ma non sono Truman Capote, e ne farei un pessimo romanzo.»

Seguì un silenzio dove avvertii più delusione che contrarietà. Niente che ricordasse il dispetto di un potente quando si sente dire di no, piuttosto lo scorno di un bambino a cui è stato negato il giocattolo tanto desiderato.

Avevo visto la sua faccia ritratta più volte sui giornali e, quando disse: «Peccato», la immaginai con gli occhi languidi e il labbro inferiore protruso in avanti. Tanto che in lontananza, dal profondo, avvertii come un pizzicore, un'esitazione che saliva piano piano alla coscienza.

Dopotutto stavo seduto su quella panchina da un'ora buona e non avevo cavato un ragno dal buco. A dire il vero erano quasi due settimane che rovistavo nel magazzino della memoria senza trovare uno straccio di storia che mi convincesse.

Delle imprese di quel mio concittadino, prima di leggere che gli avevano sparato in piena notte mentre viaggiava sulla sua Vespa, conservavo pochi ricordi ma abbastanza precisi: aveva salvato una giovane prostituta da una banda di aguzzini, ammazzandone uno e ferendone altri due; era riuscito a scagionare una giovane sudamericana dall'accusa di avere ucciso il marito e, più recentemente, aveva smascherato un colossale traffico di armi, incorrendo in un processo per omicidio dal quale era uscito assolto.

Chissà che qualcuna delle sue indagini non potesse diventare una buona storia da raccontare al mio pubblico.

Solo due considerazioni mi rendevano restio ad accettare. L'aspetto commerciale della faccenda – i miei lettori, abituati a intrecci d'invenzione, avrebbero gradito un romanzo basato sulla realtà? – e, soprattutto, come mai un senatore della repubblica, che avrebbe dovuto essere occupato da tutt'altre faccende, prendeva tanto a cuore il racconto delle imprese di un investigatore privato?

Fu Almansi stesso, il celebre avvocato penalista che aveva difeso in tribunale perdenti e sfigati di ogni risma, eletto a palazzo Madama grazie alle sue battaglie ambientaliste, a fornirmi la risposta segnalandomi al contempo che sussisteva una difficoltà ben più grossa della mia riluttanza letteraria.

«Davvero un peccato», ripeté. «Conosco Bacci Pagano da quarant'anni, siamo stati compagni di liceo e insieme abbiamo vissuto la stagione del Sessantotto. Della sua attuale condizione sono per gran parte responsabile e, se non dovesse cavarsela, non me lo perdonerei mai. Mi dispiace che lei non sia interessato, ma forse è meglio così...»

«In che senso, senatore?»

«Le sto proponendo un lavoro che potrebbe rivelarsi impossibile.»

«Impossibile?»

«Sta tutto nella mia testa e nel libro dei sogni ispirati dal mio senso di colpa. Se lo conosco bene, è improbabile che Bacci accetterebbe di incontrarla.»

2.
GINA ALIPRANDI

La casa era ordinata e pulita e il sole la riempiva di allegria. Nell'aria si avvertiva un gradevole profumo di lavanda e gelsomino e niente faceva presagire che vi stesse rintanato un moribondo.

Riuscii a mettervi piede una decina di giorni dopo la telefonata, grazie ai buoni uffici dell'avvocato Gina Aliprandi che Almansi aveva informato del progetto suscitando in lei un subitaneo entusiasmo. Mi aveva chiamato qualche minuto dopo il senatore, mentre risalivo il tunnel che attraversa la massicciata della ferrovia e dal lungomare conduce alla stazione di Nervi. Mi spiegò che con Bacci Pagano avevano frequentato lo stesso liceo e, da allora, non si erano più persi di vista e mi assicurò che avrebbe trovato gli argomenti giusti per convincerlo a collaborare. Il mercoledì andammo al cinema e mi disse che non c'erano novità e nei giorni successivi non si fece sentire. Persuaso che Almansi avesse visto giusto e che il detective non volesse saperne di incontrarmi, mi rassegnai e ripresi in mano il taccuino dove languiva, amorfa e senza vita, l'idea del mio romanzo.

Il martedì della settimana seguente il telefono squillò sul presto e senza troppi preamboli Gina mi disse: «Hai da fare?».

«Gli scrittori hanno sempre da fare...»

«...ma non timbrano il cartellino. Muovi il culo che Bacci Pagano ci aspetta.»

Era una giornata soleggiata e il caldo cominciava a stingere il cielo con un velo di maccaia. Ci trovammo alle dieci in stradone Sant'Agostino, davanti al portone di un caseggiato degli anni Cinquanta dirimpetto alla facoltà di architettura, in mezzo a un viavai di studenti e studentesse muniti di voluminose cartelle e lunghi tubi di plastica. Il portone era aperto e con l'ascensore salimmo al quinto piano.

Ad aprirci venne una ragazza bella e slanciata, con un piccolo brillante al naso, un piercing alla sommità dell'orecchio sinistro e lunghi capelli color miele che scivolavano soffici sulle spalle. Gina la salutò chiamandola Aglaja, si abbracciarono con trasporto ed ebbi la netta impressione che tra loro covasse una complicità più che occasionale. Mentre la giovane mi porgeva la mano per le presentazioni la mia amica sussurrò: «Se siamo qui lo devi a lei. Chi altri poteva convincere quell'orso a incontrare uno scrittore?».

Aglaja si mise di lato ed entrammo in una grande stanza con le finestre spalancate.

«Papà è in ufficio», disse facendoci strada. «Trascorre lì gran parte del tempo. Dice che lo fa sentire meno morto.»

Prima di seguirla mi soffermai a guardarmi intorno. Un muro basso con il ripiano d'ardesia divideva il vano cucina dal soggiorno, al cui centro era sistemato un vecchio tavolo di legno massiccio con sei sedie impagliate. Un divano in pelle occupava l'angolo opposto alla cucina e un basso tavolino di vimini lo separava da una poltrona, entrambi erano ricoperti da mezzari di stoffa grezza color vinaccia. Mi colpì il fatto che le pareti fossero interamente rivestite di libri disposti su mensole di ardesia murate. Rimaneva libero soltanto lo spazio per la finestra e la porta-finestra che affacciavano sul giardino della facoltà e per una esigua porzione di muro dove era appeso un curioso batik di iuta dipinto con colori che la luce del mattino rendeva ancora più sgargianti. Sui ripiani della libreria notai una vecchia radio e un apparecchio stereo semiprofessionale ma con stupore mi accorsi che non c'era traccia né di un computer né di un televisore. Sotto lo stereo era allineata una lunga fila di CD.

Mi inoltrai nel corridoio, dove si aprivano diverse stanze, interrotto da una solida porta che divideva l'ufficio dalla casa. Compresi la ragione per cui sul ballatoio Gina aveva suonato all'uscio adiacente a quello con la targa in ottone e la scritta: DOTT. GIOVANNI BATTISTA PAGANO INVESTIGAZIONI. Si trattava di due appartamenti distinti che erano stati uniti in un secondo tempo.

Quando Aglaja spalancò la porta arrivarono alte le note di un brano di musica sacra che mi era familiare. Era il *Confutatis* dal *Requiem* di Mozart. La ragazza si lasciò sfuggire una battuta: «Papà è fissato con Mozart. E mi ha pure passato la malattia». Gina le fece eco: «È così da quando lo conosco. Fossi in te mi metterei il cuore in pace».

L'ufficio non era molto grande, rivestito anch'esso di libri e da un numero esorbitante di LP. Notai un amplificatore piuttosto sofisticato sul quale era sistemato un pick-up per riprodurre i dischi di vinile. Sul piatto stava girando il *Requiem* e mi domandai se il detective non avesse allestito quella messinscena apposta per noi, per ricordarci la sua condizione di uomo sospeso tra la vita e la morte. La vecchia scrivania in mogano, sormontata da una ricca collezione di pipe, era sistemata a ridosso della porta-finestra da cui faceva capolino il campanile di San Silvestro inondato dal sole.

Dietro alla scrivania, simile a un robot, su una poltrona di pelle nera stava seduto un uomo che mi colpì per la sua magrezza. Una di quelle magrezze sofferte, quasi lo consumasse una malattia che dal corpo aveva contagiato l'anima. Aveva la testa e il collo bloccati da una corona metallica con quattro perni fissati alla calotta cranica; l'anello era a sua volta collegato da altrettanti bracci regolabili a un corpetto rigido agganciato alle spalle e al tronco.

Non dimostrava più di cinquant'anni, anche se sapevo che li aveva superati da un pezzo. Si era accuratamente sbarbato e indossava una camicia rosa di jeans con le maniche ripiegate. Per operarlo lo avevano rasato e ora portava i capelli brizzolati tagliati cortissimi. Teneva un libro aperto tra le mani e mi osservava con due occhi scuri, penetranti.

Non sembrava troppo contento di vederci, tanto che Aglaja esitò un attimo prima di chiedere: «Pa', che dici, abbasso la musica?».

«Grazie», rispose con una sfumatura di dolcezza nella voce. «Puoi anche spegnere tutto.»

In quel momento credetti di comprendere il senso delle

parole della mia amica. Se ero arrivato fin lì, il merito era della ragazza.

«Non è un po' presto», domandò Gina rivolta al detective, «per autocelebrare il tuo funerale?»

«Meglio prepararsi per tempo», replicò lui.

Intanto aveva riposto il libro sopra gli altri impilati sul ripiano davanti a sé. Dalla copertina riconobbi che si trattava dei miei romanzi.

Mi protesi sulla scrivania per stringergli la mano. Rispose al mio gesto porgendomi la sua con calcolata lentezza, ma la stretta fu decisa e mi trasmise un senso di calore che non mi aspettavo.

«Buongiorno», disse, «benvenuto al tavolo della roulette russa.»

«Il senatore mi ha raccontato...» attaccai imbarazzato.

Gina aggirò la scrivania e andò al suo fianco afferrandogli le mani con un gesto cauto e affettuoso. «Ti trovo sciupato, ragazzo. Le tue donne ti fanno fare la fame?»

«Zainab e Aglaja si ingegnano a cucinare gustosi manicaretti», rispose con un pallido sorriso. «Ma quello che manca è l'appetito.»

Nel frattempo la figlia aveva spento il giradischi e nella stanza era piombato il silenzio.

«La verità è che ti stai cagando sotto», replicò Gina. «Devi distrarti e smetterla di pensare alla roulette russa. Vedrai che l'appetito tornerà.»

Il pensiero d'essere tirato in ballo per distrarlo dall'idea della morte mi ricordò la storia di Sheherazade; peccato che nel nostro caso chi doveva raccontare era lui.

«Mi sto intossicando di antidolorifici», disse. «Alleviano il dolore, ma tolgono la voglia di mangiare.»

«Certo ti farebbero meglio un Negroni o un pastis.»

«Come ai vecchi tempi», sospirò. Quindi, indicando le poltroncine sistemate davanti alla scrivania, aggiunse: «Accomodatevi: sono curioso di sapere quale trappola hanno architettato alle mie spalle questa sciagurata e il suo collega senatore».

«Il *tuo* amico e compagno senatore», lo rimbeccò Gina. Poi mi indicò con un cenno del capo. «Lo conosci?»

«Ho letto quasi tutti i suoi romanzi», rispose posando una mano sui libri davanti a sé. «E mi sembra di capire che dovrei finire nel prossimo.»

«Come protagonista», replicò lei. «Diventerai una star.»

«E a quale scopo? Sopravvivere a me stesso?»

«Meglio che niente. Quando non ci sarò più, di me non si ricorderà nessuno.»

«Tu vivrai fino a cent'anni come tua nonna.»

«Mia nonna non fumava e non beveva alcolici.»

Seguì una pausa di cui Aglaja approfittò per congedarsi.

«Scusate», disse, «tra una settimana ho un esame e devo studiare.» Poi, rivolta al padre: «Sono nella mia camera, se hai bisogno chiama».

Pagano, dopo avere assentito, accompagnò l'uscita della figlia con uno sguardo colmo di affetto, gratitudine, fierezza e persino incredulità. La mia amica mi aveva riferito che per dieci anni non si erano visti a causa dei conflitti con la ex moglie, e quella devozione filiale sembrava stupire anche lui.

Gina lo guardò di traverso, dall'alto in basso, senza che potessero incrociare i loro occhi. «Certo che hai un bel culo», disse. «L'avresti mai detto, qualche anno fa, quando ci facevi certe pippe...»

«Avrei detto cosa?»

«Che ti saresti tenuto in casa una figlia così. Eri convinto di averla perduta e volevi convincere anche noi. Credi che me li sia scordati i tuoi deliri sull'alienazione parentale, quando ti scolavi una bottiglia di Lagavulin e ci facevi tirare fino alle tre del mattino?»

«*Ci scolavamo*, mia cara. E comunque devo ringraziare le turbe dell'adolescenza. Doveva ribellarsi contro qualcuno e a farne le spese è stata sua madre. Adesso ne è fuori, è diventata una donna e ha fatto pace con entrambi.»

«Però, chissà come mai, sta qui con te.»

«Forse perché ho compreso prima di Clara che non aveva più bisogno di dimostrarci niente per sentirsi a posto con sé stessa.»

«La fai troppo semplice», replicò Gina tornando ad aggirare il tavolo. «Se è riuscita così bene il merito sarà anche di Clara.»

«Non smetterò mai d'essergliene grato», disse serio, con una punta di amarezza. «Con i figli bisogna esserci quando è il momento giusto.»

«Ora non esagerare. Non ti sarebbe così attaccata se non ci avessi messo del tuo.»

Stirò un sorriso, o piuttosto una smorfia rabbiosa. «Davvero un bell'affare...»

Gina avvampò e pestò il pugno sulla scrivania, facendo saltare le pipe come birilli. «Oh cazzo, piantala di commiserarti! Hai recuperato tua figlia, no? Lo stesso sarà con la salute. Sai cosa ti dico? L'astinenza forzata ti fa male, ti avvelena il sangue. Con tutte le femmine che ti hanno girato intorno, possibile che non ne trovi una disposta a farti un pompino?»

«Dolce samaritana», replicò Pagano in tono tagliente, «ricordi ancora come si fa?»

«Ti conosco da quarant'anni: sarebbe come infrangere il tabù dell'incesto. E poi sono troppo vecchia...»

«Non sei vecchia, Gina. Sei solo stronza.»

«Qui se c'è uno stronzo sei tu. E la prossima volta che verrò a trovarti accoglimi con una salsa o un merengue.» Fece una pausa e aggiunse: «O magari l'*Alleluja* di Händel».

Pagano sollevò le mani in segno di resa, senza aggiungere altro.

Prendemmo posto e decisi di venire al dunque: «Non mi dispiacerebbe se mi raccontasse una delle sue indagini, quella che più l'ha coinvolta. Potrei farne un romanzo e, se le piacerà, lo manderemo alle stampe».

«Divideremo i diritti?» domandò con un sorriso sornione.

«L'anticipo pattuito con l'editore è cospicuo, credo si possa fare.»

«Cinquanta e cinquanta?»

«Sì, metà ciascuno.»

«E dovrei comparire con il mio nome e cognome e tutto il resto?»

«Questo lo lascio decidere a lei», risposi. «Se la storia è buona si potrebbe usare un *alter ego*. La sola cosa che non intendo fare è tracciare del protagonista un profilo diverso da quello reale.»

«Anche se le facesse perdere metà dei lettori?»

«Sono disposto a correre il rischio.»

«Insomma, vuole scrivere a tutti i costi un romanzo-verità.»

«Non ci crederà, ma è la prima volta che ci provo.»

«Eccome se ci credo. Le ho appena detto che ho letto quasi tutti i suoi libri», disse inarcando le sopracciglia. «Bene, allora devo darle una risposta?»

«Il più presto possibile.»

«Auguri.»

Un altro silenzio calò sulla stanza come una cappa greve e afosa, e l'espressione dipinta sul volto di Bacci Pagano – un sorriso indifferente e lontano, quasi si fosse dileguato nei meandri dei suoi pensieri – mi fecero dubitare che fino a quel momento avesse scherzato e in cuor suo non avesse nessuna intenzione di raccontarmi di sé.

«Non fare lo stronzo», intervenne Gina. «Ci sarà pur stata un'indagine che ti ha preso più delle altre.»

Pagano finse di non avere sentito e mi piantò gli occhi addosso: «Dottor Vasco...».

«Lasci perdere il dottore, anzi, che ne diresti di darci del tu?»

«Ottima idea. Se ti chiedessi: "C'è tra i romanzi che hai scritto uno che ti ha particolarmente coinvolto?" cosa risponderesti?»

«È come se mi domandassi qual è stato l'anno migliore della mia vita. Non lo so.»

«Te lo dico io: quello che stai vivendo *ora*. E lo stesso vale per le mie indagini.»

«Vuoi dire che vorresti raccontarmi la storia che ti ha portato a beccarti una pallottola nella testa?»

«E l'altra nella scapola, ma quella l'hanno tolta senza problemi.»

«L'inchiesta è ancora in corso e, a quanto mi risulta, la conduce la polizia.»

«Il mio amico Pertusiello mi tiene costantemente informato. Potrei dire che, una volta tanto, lavoriamo in tandem.»

«Per me va bene, un'indagine vale l'altra.»

«Per me invece no», ruggì. «E vuoi sapere perché?»

Assentii e intanto percepivo la sua rabbia montare e invadere l'aria alla stregua di un cattivo odore. Un fumo pestilenziale che gli scaturiva da una zona oscura della coscienza e si aggrumava sui libri e i dischi che come un disperato appiglio alla forza vivificante della bellezza e della conoscenza tappezzavano la stanza, sul grammofono, le pipe, i quadri e tutti gli oggetti che conferivano all'ufficio una parvenza di intimità e calore domestico, trasformandoli in cose estranee e insignificanti.

«Perché la storia potrebbe interrompersi da un momento all'altro. Un *tac* e la luce si spegne», continuò. «Ma non solo. A quale scopo Almansi ha combinato tutto questo? Cosa vuole ancora da me?»

«Forse togliersi un peso dalla coscienza.»

«Facendomi finire nelle pagine di un romanzo?»

«Perché no?»

«Perché sì?»

Gina sbuffò e domandò: «Si può fumare qui dentro?».

«Per quel che serve questo ufficio», replicò Pagano, «si può fare quello che si vuole.»

«Ascolta, grand'uomo», attaccò lei accendendo una sigaretta. «Tu la stai facendo più grossa di quello che è. Il senatore non sarà un santo, ma ti vuole abbastanza bene da capire che hai bisogno di uscire dal buco e occuparti la vita. Non so che cosa combiniate tu e il tuo amico commissario, ma qualunque cosa sia non sembra farti bene. Prova a raccontare a Gian Claudio le tue paturnie e vedrai che ti sentirai alleggerito.»

Non potevo chiamarmi fuori e dissi: «Se non ne hai voglia, non se ne fa niente».

«Non è questione di voglia.»
«Ah, no?» incalzò Gina. «E allora cos'è?»
«Voi non potete capire», sillabò guardando il vuoto, come parlasse con sé stesso. «Ci sono troppe cose rimaste in sospeso e mi manca il tempo...»
«Da qui a settembre hai tre mesi per raccapezzarti», insisté lei.
«Non sarà un romanzo a mettere le cose a posto.»
«Certo che non sarà un romanzo, sarà un chirurgo con le palle...»
«Devo prenderlo come un no?» la interruppi.
«Prendilo come ti pare», rispose lui. «Ma le condizioni le detto io questa volta.»

3.
L'ULTIMA INDAGINE

«Da dove cominciamo?»

«Come in ogni romanzo che si rispetti, dalla fine.»

«Vuoi rendere subito noto il nome dell'assassino?»

«Assassino? Speriamo si tratti di un tentato omicidio.»

Non potevo dargli torto, la vittima era lui. Lo disse con un sorriso che lasciava intuire che l'umore non era quello cupo e rabbioso del giorno prima.

Stavamo seduti nell'ufficio dove ci eravamo conosciuti. Ad aprirmi era venuta una cinquantenne dalla pelle nera e i tratti del volto delicati, alta quasi un metro e ottanta, fasciata in una leggera tunica celeste che lasciava trasparire un fisico atletico e possente. Portava i lunghi capelli crespi raccolti in una crocchia e, prima di salutarmi, aveva domandato: «Il signor Vasco?», quindi mi aveva guidato lungo il corridoio spiegandomi che «la signorina Aglaja è andata all'università».

Pagano spiegò che si chiamava Zainab, proveniva dalla Nubia, la mitica regione dell'alto Egitto ai confini col Sudan, e da oltre vent'anni tre mattine alla settimana lavorava in quella casa come collaboratrice domestica.

Ho chiesto se lo disturbasse l'uso del registratore – «la mia memoria non è mai stata un fulmine di guerra e con gli anni va peggiorando» – e ha risposto con un gesto indifferente. La gabbia ortopedica lo impacciava, costringendolo a movimenti che apparivano innaturali e talvolta meccanici. I medici gli avevano raccomandato di pensare prima di muovere qualunque parte del corpo e questa imposizione toglieva fluidità al suo modo di occupare lo spazio.

Mi scrutava incuriosito, quasi divertito, e domandò: «Come la metterai con il segreto istruttorio?».

«Non ci ho ancora pensato. Se non potremo farne a meno cambieremo nomi e dettagli. Piuttosto, hai detto al tuo amico commissario che mi racconti questa storia?»

«Non ci siamo ancora sentiti.»

Non si era rasato e sul viso gli era cresciuta un'ispida barba brizzolata che lo faceva apparire più vecchio. Continuava a scrutarmi come se volesse strapparmi un segreto e mi domandai se non sospettasse che avessi un accordo segreto con il suo amico senatore.

Non volevo equivoci tra noi e decisi di scoprire le carte.

«Ieri», attaccai, «ti sei domandato perché Almansi mi abbia proposto di scrivere una storia con te.»

«E allora?»

«L'hai fatto con una tale rabbia che anche Gina ti ha ripreso.»

Trasse un lungo respiro e si fissò le mani, abbandonate sul ripiano della scrivania come se appartenessero a un altro. Attaccò a spiegarmi che l'ultima indagine – quella iniziata quando Cesare Almansi lo aveva ingaggiato per scoprire chi lo minacciasse telefonandogli in piena notte e consumata il 26 febbraio sotto la strada sopraelevata, in via Gramsci, all'altezza della Porta dei Vacca – era tutt'altro che conclusa. Due colpi di pistola sparati da un SUV grigio metallizzato lo avevano sbalzato dalla Vespa come un pellerossa dal cavallo in un film di John Ford.

L'inchiesta si era subito focalizzata sulle attività della 'ndrangheta nell'ambito dello smaltimento dei rifiuti ed era stata affidata al procuratore Cardini, della direzione distrettuale antimafia.

Alcune settimane prima delle elezioni politiche Bacci Pagano era stato brutalmente picchiato da tre gorilla del boss Salvatore Morabito alla presenza della donna di quest'ultimo, Marina Calì. Il detective l'aveva sorpresa mentre confabulava con un architetto, tale De Paoli, riguardo al progetto di legge che Almansi intendeva portare in parlamento per regolamentare lo smaltimento dei rifiuti. Si trattava di una normativa che prevedeva, per i cittadini e i loro comitati, la facoltà di svolgere accertamenti nelle discariche ricorrendo a esperti e agenzie indipendenti, scelti da loro stessi, e nel contempo prescriveva una mappatura severa dei rifiuti tossici e dei materiali di risulta delle grandi opere ferroviarie e autostradali che ne consentisse la effettiva tracciabilità.

«Quando si scava sotto i monti si trova di tutto», spiegò, «e alcuni di quei materiali, che generalmente vengono riutilizzati in opere pubbliche industriali e soprattutto civili, contengono sostanze molto pericolose, ma nessuno ne parla. I nostri figli finiscono per giocare sopra spaventose polveriere e nessuno lo sa.»

Non aveva dubbi sul fatto che quel progetto desse fastidio e che la criminalità organizzata avesse interesse a farne carta straccia. Ma quando l'avvocato Almansi venne eletto i giochi non erano ancora fatti e, di lì a qualche settimana, si comprese che la maggioranza che si profilava in parlamento non l'avrebbe mai convertito in legge. Lo stesso neosenatore, durante un'animata discussione con Pagano, aveva sostenuto che prima di ricorrere alla lupara, che fa aprire inchieste e danneggia i loro affari, i mafiosi percorrono le vie legali. E, in questo caso, la democrazia avrebbe fatto il suo corso impallinando il suo disegno di legge in commissione.

I tre gorilla e la donna di Morabito furono denunciati, insieme all'architetto De Paoli, con l'imputazione di associazione mafiosa, ma con ogni probabilità tutto sarebbe finito con una banale condanna per aggressione dei primi tre, mentre la donna e l'architetto ne sarebbero usciti assolti.

Poi cominciò a raccontarmi una storia che, almeno in parte, già conoscevo dalla stampa. Il giorno della sua elezione Almansi si era recato in procura per denunciare un suo finanziatore e amico, l'imprenditore edile Giovanni Coiro. Era stato Bacci Pagano a scoprire che quest'ultimo, trentatré anni prima, aveva assassinato una giovane di ventidue anni il cui nome era Adele Semeria.

«Qui la vicenda si complica», avvertì accarezzandosi la barba con fastidio, quasi non fosse abituato a sentirla pungere.

«Adele era la ragazza di Cesare e anch'io, senza saperlo, mi sono trovato implicato in quella brutta storia.»

L'omicidio avvenne il 10 agosto del 1980, fra le tre e le quattro del mattino, sulla strada che da Ruta porta a San Rocco di Camogli. Pagano era appena uscito di prigione dopo aver passato cinque anni in un carcere di massima sicurezza e, tra le prime cose che aveva fatto, si era recato a ringraziare il padre di Cesare, l'avvocato Aristide Almansi, che lo aveva fatto assolvere in appello dall'accusa di terrorismo. Bacci e Cesare si conoscevano dai tempi del liceo e avevano militato nel movimento studentesco fin dai suoi albori, che poi coincidevano con quelli della loro brillante giovinezza. Anche Giovanni Coiro era stato grande amico del giovane Almansi. I due, pur appartenendo a classi sociali lontane tra loro – a un ceto medio indigente e diseredato il primo e all'alta borghesia dei professionisti il secondo – si conoscevano fin dall'infanzia ed erano legati da sentimenti tanto profondi quanto complicati.

«Il vecchio Aristide», commentò con un sorriso a fior di labbra, «era uno di quei democristiani che avevano partecipato alla Resistenza e credevano davvero nell'interclassismo. Senza farlo apposta aveva delegato a suo figlio l'ardua missione di realizzarlo, frequentando sfigati della risma di Coiro e del sottoscritto.»

Pagano non aveva mai visto Giovanni Coiro prima di quella sera. Dopo la visita al principe del foro che gli aveva risparmiato cinque anni di galera, i tre avevano festeggiato e si erano dati a una notte di follie, a botte di canne, cocktail e champagne, ed erano finiti in una delle discoteche più in voga di quegli anni, il Covo di Nord Est a Santa Margherita Ligure. Qui, del tutto inaspettata, era piombata Adele Semeria, spinta dalla gelosia e dal timore che il bel Cesare se la facesse con altre ragazze. Il suo innamorato era ubriaco e fatto di hashish e si vergognava di farsi vedere da lei in quello stato – «a sentire lui Adele non era mai entrata in una discoteca, lei era fatta di un'altra pasta» – così chiese a Coiro di riaccompagnarla a casa. Questi acconsentì e i due lasciarono il locale e si avviarono con l'automobile della ragazza.

Adele non arrivò mai a casa e il suo corpo senza vita fu rinvenuto il giorno dopo in un bosco a pochi metri dalla strada. Come accertato dall'autopsia, aveva il cranio fracassato da tre colpi inferti con una pietra che fu ritrovata poco lontano dal cadavere.

Quando la notizia arrivò a Cesare, questi si precipitò a casa dell'amico. Lo malmenò, minacciò di denunciarlo e cercò in ogni modo di ottenere una spiegazione plausibile di quanto era accaduto, ma Giovanni, «anche se fatico a spiegarmi come diavolo abbia fatto», riuscì a persuaderlo della propria innocenza. Disse che Adele aveva cambiato idea, voleva tornare a casa da sola e lo aveva scaricato davanti alla stazione di Santa Margherita. Per provare che non mentiva gli mostrò il biglietto del treno con cui era ritornato a Genova intorno alle sei del mattino.

Cesare finì per aderire a quella versione dei fatti, tanto macchinosa quanto inverosimile, al punto di mentire agli inquirenti e di tenersi dentro il segreto per trentatré anni.

«Negò tutto?» domandai.

«Dichiarò che quella notte era solo», rispose muovendo gli occhi sull'asse orizzontale, da sinistra a destra e viceversa. Non so se gli venisse spontaneo o fosse studiato, ma quel gesto rimpiazzava efficacemente lo scuotimento del capo che gli era impedito dalla gabbia ortopedica. «Non disse a nessuno di Coiro e di Adele, nemmeno a suo padre, e su consiglio di quest'ultimo non fece il mio nome: ero appena uscito di prigione e l'assoluzione davanti alla corte d'appello di Milano si era rivelata ostica anche per un consumato penalista come lui. Del resto quella sera al Covo di Nord Est c'era un mare di gente, Cesare conosceva molti fighetti che frequentavano il locale, parlava con tutti, offriva champagne come fosse acqua minerale e nessuno si era accorto che con lui c'erano due imbucati come Coiro e il figlio di un operaio appena uscito di galera. I testimoni che confermassero la sua versione non sono mancati.»

Pagano non venne a conoscenza dell'omicidio perché il giorno dopo la festa partì per Cuba e iniziò una lunga peregrinazione in America e in Africa che lo tenne lontano dall'Italia fino alla primavera del 1982. «Avevo buttato nel cesso cinque anni della mia vita in una cella di due metri e mezzo per lato», spiegò, «e qualunque posto mi sembrava troppo angusto per me. Così mi era presa la smania di andare a sperimentare quanto vasto fosse il mondo.»

Del resto, non aveva mai conosciuto Adele Semeria e non l'aveva neppure sentita nominare.

I rapporti tra Almansi e Coiro restarono buoni per altri vent'anni, finché il costruttore fu coinvolto in una storia di malaffare in cui c'era di mezzo la 'ndrangheta e Cesare decise di rompere con lui. Non si sentirono più, fino al momento in cui si seppe che l'avvocato era candidato al senato per la coalizione di centro-sinistra. A quel punto venne fuori che l'amico di un tempo aveva versato un contributo di centomila euro sul suo fondo elettorale e cominciarono le telefonate notturne che lo minacciavano di morte nel caso non si fosse ritirato dalla corsa.

«Sapeva benissimo che dall'altra parte del filo c'era Coiro», disse Bacci con amarezza piuttosto che con rabbia. «E nonostante questo mi ha chiesto di indagare al solo scopo di farlo recedere dai suoi ricatti, trattandomi come un idiota.»

La cosa curiosa era che Pagano non ricordava quasi niente di quella notte lontana. Era troppo ubriaco e strinato dal fumo per incamerare qualche reminiscenza che reggesse all'usura del tempo. Inoltre, al momento di ingaggiarlo, il suo amico candidato si era ben guardato dal fare il nome di Gianni Coiro. I ricordi cominciarono ad affiorare a poco a poco, grazie a un sogno e alle informazioni che veniva raccogliendo. Così riuscì a ricostruire la dinamica di quanto accaduto e alla fine, con un astuto stratagemma, a estorcere all'assassino una involontaria confessione.

«Solo a quel punto», spiegò, «di fronte a un'evidenza inoppugnabile, Almansi si è arreso e si è impegnato, appena finita la campagna elettorale, a recarsi in procura e denunciare il suo amico.»

«Aspetta un momento», lo fermai. «Hai detto che non conoscevi Adele?»

«Non sapevo nulla di lei. Cesare aveva ten
ro relazione.»

«E dunque come hai potuto riconoscerl
dal Covo di Nord Est con Coiro?»

«Infatti non l'ho riconosciuta. Quella che
richiamato alla memoria era l'immagine di una rag
capelli rossi che lasciava la discoteca. Solo trentatré anni dopo, nel corso dell'indagine, ho scoperto che Adele Semeria aveva i capelli rossi e ne ho dedotto che quella ragazza doveva essere lei.»

«Naturalmente il tuo cliente sapeva che tu non sapevi.»

«Naturalmente.»

«E per mettere fine al gioco del suo amico gli ha fatto credere che tu la conoscessi.»

Sigillò le palpebre, quasi volesse impedire alla rabbia di riprendere fuoco e guastargli lo stato d'animo appena accettabile che sembrava avergli regalato un po' di pace.

«Giovanni Coiro è stato arrestato tre mesi fa dagli uomini del vicequestore Pertusiello che lo hanno torchiato per bene, finché non ha confessato l'omicidio. Del resto la prova prodotta dal neosenatore alla procura – una confessione in piena regola – era irrefutabile.»

«Se non ricordo male», dissi, «il particolare che l'ha incastrato è stato un buco nell'asfalto, vicino al luogo dell'omicidio. Un esperto aveva dimostrato che era stato provocato dalla stessa pietra con cui è stata uccisa Adele.»

«L'ha incastrato il fatto di averne parlato. Mi ha riferito che, dopo avere colpito, l'assassino aveva scagliato il sasso contro il terreno. Non sapeva che nessun atto istruttorio e nessun giornale aveva riportato quel particolare, inspiegabilmente ignorato dagli inquirenti. Soltanto colui che aveva ucciso poteva conoscerlo. E non immaginava che stessi registrando di nascosto la conversazione.»

«Fu una delle sere in cui a Genova aveva nevicato, vero?»

«Sì, era lunedì 11 febbraio. È stato un inverno gelido che si è protratto a lungo, anche nei mesi successivi.»

«Ricordo che i giornali ci ricamarono sopra: te lo disse al ristorante, davanti a un piatto di sushi e sashimi.»

er il locale di salita San Matteo è stata un'ottima pubblia a costo zero», confermò con un sorriso.

«I suoi avvocati sostengono che si è trattato di un raptus favorito dallo stato di alterazione dovuto all'alcol e all'hashish.»

«Gli avvocati fanno il loro mestiere...»

Lo guardai senza capire.

«Alcol e hashish non sono criminogeni», aggiunse.

«Che vuoi dire?»

«Il punto non è Adele», farfugliò con voce assorta, gli occhi nuovamente concentrati sulle mani, «ma la relazione tra Coiro e Almansi.»

«Non capisco.»

«Non è facile. Anch'io non ho le idee chiare. Sto parlando di impressioni, sensazioni che non ho ancora messo a fuoco.»

Riprese a raccontare e mi disse che il senatore aveva fatto pubblica ammenda, dichiarandosi pronto a rimettere il mandato per avere dichiarato il falso e protetto un assassino. Ma nessuno gli aveva chiesto di rimettere alcunché ed era rimasto a occupare il suo scranno a palazzo Madama.

Mi riportò un particolare che ignoravo: l'architetto De Paoli lavorava per Coiro ed era un assiduo frequentatore dei suoi cantieri e del suo ufficio. Pagano era certo che il costruttore fosse organicamente legato alla 'ndrangheta e il dottor Cardini stava indagando per trovare le prove.

Terminato il racconto, domandò a bruciapelo: «Sembra tutto chiaro, vero?».

«Mica tanto», replicai.

«Infatti, manca un tassello essenziale.»

«Lasciami indovinare», lo interruppi. «Dopotutto scrivere *crime stories* è il mio lavoro e non sarebbe dignitoso limitarmi a sbobinare una registrazione.»

Sorrise, un pallido sorriso divertito che lasciava presagire che tra noi stesse nascendo un sentimento che assomigliava alla complicità.

«Prego», acconsentì.

«Ripercorrendo tutta la storia, resta oscuro il movente dell'attentato.»

Le mie parole ebbero un effetto sorprendente. Si aprì a un sorriso senza riserve che esprimeva soddisfazione e, forse, perfino gratitudine.

«Te l'ho detto, Vasco, bisogna cominciare dalla fine.»

«Certo», proseguii, «perché non si capisce chi avesse interesse a toglierti di mezzo. Non la 'ndrangheta, che dopo l'attentato si è ritrovata sotto i riflettori dell'antimafia. Non Giovanni Coiro, che era stato ormai incastrato e, comunque, non sembra il tipo che spara da un SUV in corsa.»

«Staremo a vedere», disse allargando le braccia.

«Cosa mi dici di quell'architetto che lavorava per lui?»

«De Paoli? All'inizio della mia indagine ero andato nel suo studio, in via XXV Aprile, e lo avevo minacciato con una certa energia. È stato lui a fare per la prima volta il nome di Coiro.»

«Potrebbe essere implicato?»

«Forse.»

«Come mai non ti ha denunciato dopo che lo hai malmenato?»

«Credo su suggerimento dei suoi committenti mafiosi, oltre che per le pressioni che gli avrà fatto Cesare. Durante la campagna elettorale non mancava un appuntamento, peggio di una zecca.»

Ora sembrava stanco, anche se raccontare gli aveva visibilmente sollevato il morale. Spensi il registratore e lo scrutai con un'espressione interrogativa.

«Ma se abbiamo appena iniziato!» protestò.

"Questo è uno che non molla mai", pensai. "Neanche quando la morte gli soffia letteralmente sul collo."

«Avrò un bel daffare per mettere ordine in questo materiale.»

«Eh già», replicò con un'espressione e un tono quasi sarcastici. «Tu non fai il giornalista, scrivi romanzi.»

Additò i miei libri, che erano sempre lì, sulla scrivania. Il giorno precedente stava leggendo *Il passato non fa sconti* e doveva averlo terminato perché in cima alla pila compariva la copertina de *L'uomo della carabina*.

«Che intendi dire?»

«Chissà come mai il senatore ha pensato a uno scrittore...»

«Forse si illude che i libri durino nel tempo, più degli articoli di giornale.»

«Può darsi», rispose.

Ma neanche lui sembrava troppo convinto.

4.
RIMORSO

Il giorno seguente lo trovai nel soggiorno, seduto sul bordo del divano, che ascoltava un concerto grosso di Händel con la faccia di chi segue un bollettino di guerra.

Mi domandai se l'invito di Gina a ricevere gli ospiti con l'*Alleluja* non lo avesse convinto a concedersi musiche meno funeree e, dopo avere salutato Aglaja, lo feci notare anche a lui.

«Non sarà una marcia trionfale, ma è sempre meglio che una messa da requiem.»

Pagano non rispose e conservò la stessa espressione accigliata, quasi che trarsi dai pensieri che lo occupavano lo indispettisse.

«Oggi non è giornata», bisbigliò la ragazza dandogli le spalle. «Stanotte l'ho sentito alzarsi diverse volte. Doveva avere dolori molto forti.»

Lui era così assorto che sembrava non avere sentito.

La giovane indossava un vestitino a fiori senza maniche, abbastanza scollato e corto da mettere in evidenza un corpo slanciato e compatto, che alla floridezza della gioventù accompagnava la tonicità muscolare di chi ha praticato per anni un'attività sportiva. La luce esaltava il colore della pelle, d'un candore che ricordava l'avorio. Evidentemente lo studio e le cure che prodigava al padre non le lasciavano il tempo per andare al mare ad abbronzarsi. Mi aveva accolto con un sorriso ambiguo, mezzo imbarazzato e mezzo di circostanza, che suggeriva che il mio compito non sarebbe stato facile.

«Vi lascio al vostro lavoro», si affrettò a dire, defilandosi e scomparendo nella sua stanza.

«Buongiorno», dissi rivolto a Pagano, e intanto estrassi dalla borsa registratore, matita e taccuino per gli appunti. «Come vedi sono arrivato.»

Posai le mie cose sul tavolo e mi avvicinai per stringergli la mano. Lui mi guardò di traverso e con l'aria di scusarsi bofonchiò qualcosa che non afferrai. Rispose alla mia stretta con un tocco sfuggente e privo del calore a cui mi aveva abituato.

«Cosa succede?» azzardai.

«Stanotte ho fatto un sogno», disse guardando il vuoto.

Dalla porta-finestra spalancata la luce inondava la stanza come un ospite ingombrante e fuori luogo. Un po' come me. Lanciai un'occhiata ai giardini della facoltà di architettura, dove a grappoli gli studenti chiacchieravano tra loro, i volti esposti ai raggi del primo sole estivo.

«Un sogno?»

«Ho sognato un treno che partiva e mi lasciava lì, sul marciapiedi della stazione, circondato da un cumulo di valigie.»

«Una brutta sensazione...»

«Terribile.»

«Immagino che ne avrai tratto le tue conclusioni.»

«La conclusione è sempre la stessa: è troppo tardi e mi manca il tempo per portare i miei pesi da qualche parte.»

«Mi piacerebbe sapere cosa contengono quelle valigie.»

La risposta arrivò fulminea, quasi la covasse da tempo.

«Rimorso.»

«Rimorso?»

Sollevò lo sguardo e ficcò i suoi occhi scuri nei miei, dandomi finalmente l'impressione d'essersi accorto della mia presenza.

«Ci sono momenti, nella vita», attaccò, «in cui bisogna tirare le somme. In questi anni ho sempre rimandato, nella convinzione che ci sarebbe stato il tempo di riparare, ma ora non posso più permettermelo.»

«Ti riferisci al tuo stato di salute?»

«Mi riferisco al fatto che la morte mi sta alle calcagna e non mi darà modo di mettere le cose a posto.»

«Che vorresti fare?»

«Quello che ho detto: pareggiare i conti. L'idea di andarmene lasciando debiti in giro non mi dà pace.»

Provai ad ammorbidire quella cupezza con una battuta, salvo pentirmi subito di avere parlato. «Temi di trovare chiusa la porta del paradiso?»

«Sono figlio di un incidente di percorso della storia e quelli come me non credono nel paradiso.»

«Non capisco.»

«I miei erano comunisti e non credevano in Dio: non mi hanno neppure battezzato.»

«Non avevo mai sentito definire così il comunismo.»

«E come vuoi chiamarlo? Se Leningrado è diventata San Pietroburgo e l'ultimo grande paese comunista, la Cina, si propone come polo di attrazione per investitori, finanzieri e capitalisti dell'intero pianeta, che altro si può dire se non che quell'utopia è stata una distrazione della storia che non ha lasciato traccia, se non nei sogni di chi ha avuto la fortuna di non viverla sulla propria pelle?»

«Eppure molte generazioni hanno combattuto in nome di quell'idea...»

«Sì, seminando una lunga scia di sangue di cui sono bastati vent'anni per lavare la memoria.»

«Sarebbe questo il tuo rimorso, appartenere all'ultima di quelle generazioni?»

Per la prima volta sul suo volto si accese la luce di un sorriso. Un sorriso pallido, appena accennato, che germogliava da uno stato d'animo esacerbato, ma sufficiente a distendere l'arco delle sopracciglia e la piega delle labbra. La barba si stava infoltendo e conferiva al viso la fisionomia d'una saggezza sofferta senza concedergli la promessa d'una vecchiaia serena.

«No», rispose, «non ho commesso crimini, non ho mai indossato una divisa né nutrito simpatie per le guardie dei gulag. Ho sempre identificato il comunismo con la libertà, specie quella più misconosciuta dagli ideologi del pensiero unico: la libertà dal bisogno. E anche nello sporco lavoro che mi sono scelto non ho niente da rimproverarmi: ogni volta che ho sparato mi sono ritrovato a vomitare, angosciato e febbricitante, e l'ho sempre fatto per difendermi, prima che qualcun altro premesse il grilletto e mi facesse fuori. Il rimorso è altro e riguarda soprattutto le persone che hanno cercato di starmi vicino senza che glielo permettessi.»

«Le donne?»

Distolse lo sguardo e si passò la mano nei capelli, quasi volesse liberarsi di qualcosa di scomodo, imbarazzante.

«Soprattutto loro.»

«Hai lasciato molti conti in sospeso?»

Tardava a rispondere, dandomi l'impressione che la sua mente, come un uccello migratore, stesse trasvolando un territorio impervio dove non era possibile posarsi e recuperare le forze, protesa verso una meta che appariva sempre più irraggiungibile.

Alla fine disse: «Pochi o tanti non ha importanza. Quello che conta è se sarò in grado di porvi rimedio».

Mi chiesi se non fosse arrivato il momento di accendere il registratore. Dopotutto questa conversazione poteva diventare parte del libro. I lettori avevano il diritto di sapere chi era Bacci Pagano. Ma il detective era lì, davanti a me in carne e ossa, in preda a una sorta di disperazione che reclamava tatto, rispetto e, forse, silenzio.

Ecco perché non ho mai voluto scrivere romanzi-verità. Per evitare la sindrome del cronista-sciacallo. La finzione è indenne da sensi di colpa perché i personaggi di carta sono come marionette e puoi maltrattarli quanto ti pare. Le sole considerazioni in gioco sono la verosimiglianza e il rispetto per la sensibilità del lettore. Con la realtà è tutta un'altra musica.

Ma il solo modo per uscirne era girare la domanda all'interessato. «Ti disturba se accendo il registratore?»

«Non se ne parla», rispose secco.

«Vuoi dire che *tutto questo* deve restare fuori dal romanzo?»

«Da quando sei entrato mi sto chiedendo quale interesse

possano avere per te i miei discorsi, figuriamoci per i tuoi lettori...»

«Ti sbagli», replicai convinto. «Per il romanzo sono fondamentali.»

«Ti giocherai il pubblico e dovrai cambiare mestiere.»

D'istinto afferrai il registratore e schiacciai il tasto di avvio. «Non credo sia un problema tuo. Se ti dà fastidio mettere in piazza certi sentimenti possiamo cambiare nomi e circostanze, in modo da confondere le carte.»

«Non è sufficiente, quelli che mi conoscono non avranno difficoltà a comprendere di chi si sta parlando.»

«Allora ti propongo un compromesso: scriverò del tuo privato usando il tempo presente. Rende meglio l'immediatezza dei sentimenti. Se alla fine vorrai espungere quelle parti, le cestineremo.»

«Mi sembra un trucco meschino, un espediente formale...»

«È la sostanza che mi interessa.»

«La sostanza», replica alzando la voce, «è che, se mai ci arriverò, tra qualche mese dovrò subire un'operazione che ha il trenta per cento di probabilità di riuscita. Altrimenti di me resterà ben poco: una larva d'uomo. E, siccome non voglio diventare un vegetale e pesare sulla vita di mia figlia, ho preso accordi precisi con Totò Pertusiello e Gina Aliprandi e ho depositato presso un notaio disposizioni scritte: mi porteranno in Svizzera dove mi aspetta una sana iniezione che tolga tutti d'impiccio.»

«Non è di questo che hai parlato finora, ma del fatto che non vuoi lasciare conti aperti con la vita.»

Pianta gli occhi nei miei e nello sguardo sfrigola una collera da far paura. «Tu al mio posto cosa vorresti?»

«Non sono io il protagonista del romanzo.»

«Meglio ancora, sei l'autore.»

«Non ho vissuto la tua vita, ho vissuto la mia.»

«Questo fa di te un uomo fortunato. Dimmi una cosa, Vasco: ti sei mai sposato?»

«Due volte, ma non è andata bene.»

«Benvenuto nel club. Hai figli?»

«Una femmina e un maschio dal primo matrimonio. Sono adulti e fanno la loro vita. Perché me lo domandi?»

«Non senti mai di avere un conto aperto con loro?»

«Con i miei figli?»

«E con le tue mogli.»

«Ho sempre corrisposto fior di assegni, gran parte dei miei diritti d'autore hanno pagato le mie intemperanze affettive e ormonali.»

«Non recitare la parte del cinico, non ti si addice.»

«Cinico? Ho fatto il mio dovere fino in fondo...»

«Ecco, è proprio questo che non riesco a dire di me stesso.»

«Quando parli di te sei sempre così generico? "Debiti in giro" non significa molto. E anche "donne" vuol dire tutto e niente.»

«Vuoi nomi e cognomi?»

«Voglio storie.»

«D'accordo», replica sospirando, gli occhi puntati sul registratore come se parlasse con lui. «Clara, Aglaja, Mara, Jasmìne. Donne alle quali ho fatto del male. Donne che ho fatto soffrire anche senza volerlo. E il fatto di non averlo voluto non mi assolve, anzi, peggiora la situazione.»

«Nella vita si scambia quello che si ha, buono o cattivo che sia.»

«Ma io sono sempre scappato. Ho preferito inseguire altrove quello che non riuscivo a trovare là dove avrei dovuto cercare.»

«Gli amori sbocciano e appassiscono, amico mio. Tali e quali le rose.»

Il busto e il collo bloccati dalla gabbia ortopedica, rigido come un robot, agita una mano nell'aria in un gesto che reclama come una supplica la mia attenzione. Indica il divano e mi invita a sedermi accanto a lui. Mi alzo e vado a prendere posto al suo fianco.

«Quando mi sono svegliato dal coma farmacologico», attacca, «non riuscivo a muovere né braccia né gambe e avevo perso la sensibilità in tutto il corpo: era l'effetto transitorio del trauma provocato dal colpo sulle vertebre. Ma ci ho messo un po' di tempo per realizzarlo. Sai invece qual è stata la prima cosa che ho visto?»

Non attende la mia risposta e continua: «Un volto di donna, e poi un altro e un altro ancora. Illuminati da una gioia esaltata, stupefatta, che stava prevalendo sull'apprensione. Il sorriso raggiante di mia figlia, quello di Clara, e poi Mara con gli occhi lucidi. Più tardi mi hanno spiegato che il mio risveglio era un evento atteso che i medici avevano previsto con certosina precisione. E tuttavia, quando è successo, la sorpresa ha avuto il sopravvento, quasi si trattasse di un miracolo».

La cosa non mi stupisce, so che nei primi quattro giorni dopo l'attentato è sprofondato in un coma profondo senza che i neurologi riuscissero a raccapezzarsi e che ci sono volute due settimane prima che l'emorragia si riassorbisse del tutto e lui si riprendesse. L'alito della morte semina un gelo che dura a lungo nel tempo. E tuttavia mi sento a disagio e non capisco perché.

«Un dolce risveglio», mi limito a commentare.

«Nient'affatto», replica stringendo i pugni. «Perché nel mio torpore non riconobbi niente di tutto questo. Solo espressioni truci, sguardi severi che mi rimproveravano e un misto di furia e disprezzo che precludeva qualunque possibilità di rappacificazione.»

Continuo a non capire cosa voglia comunicarmi e quale sia l'assillo che non gli dà pace. Il passato è passato e nessuno può cambiarlo.

Che significa per lui «riparare»?

Perciò decido di rompere quell'aura di pathos con un'altra battuta. O la va o la spacca.

«Mi stai dicendo che al tuo capezzale non c'era nemmeno un uomo?»

«Davanti alla vetrata della rianimazione del San Martino sono transitati tutti i miei amici: Pertusiello e i suoi ispettori, René il Capitano, il giovane Essam, figlio della mia colf nubiana, il giornalista Giuliano Rivoli, Virgilio Loi salito con la sua famiglia dalla Sardegna, il mio commercialista e perfino Gegè, il mendicante cieco che abita in vico Vegetti e mi passa preziose informazioni in cambio di qualche decina di euro. Peccato che non potessi vederli perché ero come morto.»

«Ma, guarda caso, al risveglio avevi intorno un harem.»

Torce il busto e mi lancia un'occhiata interrogativa sotto cui mi pare di cogliere un'ombra di complicità. «Che intendi dire?»

«Che al tuo posto, alla vista di quelle Erinni, sarei sprofondato nuovamente nel coma.»

Gli sfugge un sorriso a cui segue un lungo sospiro liberatorio. Quindi si scusa accampando il primo argomento che gli passa per la testa.

«Sono un maleducato, non ti ho neanche offerto il caffè.»

«Grazie, ma ne ho già presi due. Troppi espressi mi danno la tachicardia.»

«Okay, Vasco», conclude. «Allora, che aspettiamo a metterci al lavoro?»

5.
BACCI PAGANO AL LAVORO

Attese che l'ultima battuta del concerto di Händel cedesse al suono della vita che saliva dalla strada, quindi mi chiese di aiutarlo ad alzarsi e con estrema cautela mosse i primi passi in direzione dell'ufficio. Raccolsi in fretta i miei strumenti di lavoro e lo seguii. La porta della stanza di Aglaja era spalancata e la ragazza stava seduta alla scrivania, posta di fronte alla finestra, assorta nella lettura. Era accovacciata sulla sedia con una gamba ripiegata sotto il sedere e passava la matita tra i capelli color miele facendole compiere un movimento rotatorio. Davanti a lei erano impilati diversi volumi tra i quali riconobbi il dizionario Larousse.

Domandai quale esame stesse preparando e voltandosi rispose: «Filologia romanza».

«Che te ne pare?»

«Mi piace», rispose convinta. «Non avevo mai riflettuto sul fatto che le lingue sono cose vive in continuo movimento.»

La definizione era perfetta, definitiva. Che la appassionasse una materia così ostica, appannaggio di pedanti studiosi afflitti dall'ossessione di controllare e confrontare tutto, mi suonò di buon auspicio riguardo alla preparazione dei nostri studenti.

Stavo per salutarla e raggiungere Pagano quando Aglaja domandò: «Lei è uno scrittore, vero?».

«Diciamo che la scrittura mi dà di che campare.»

«Ha studiato lettere come mio padre?»

Annuii.

«Quindi anche filologia romanza.»

«Anche.»

Quasi mi avesse letto nel pensiero aggiunse: «Allora le faccio una domanda: secondo lei un filologo romanzo consulterà mai Wikipedia?».

Scoppiai a ridere, poi riflettendoci mi venne da prendere la cosa meno sottogamba. «Perché no? È una fonte come un'altra.»

«Lo chiedo», continuò infervorata, «perché ci ho trovato un sacco di balle sui più disparati argomenti. Lì ognuno scrive quello che gli pare.»

«È il lavoro ingrato dei filologi: andare alla ricerca della verità originale.»

«Perché ingrato?»

«Perché spesso non esiste nessuna verità originale. Il mio professore ripeteva sempre che in letteratura nessuno inventa niente.»

«Se è per questo, non solo in letteratura...»

«Verissimo», confermai. «E comunque non è detto che nei polverosi tomi degli archivi si trovino solo cose vere. Le balle non sono una prerogativa della rete.»

«Lei avrà all'incirca l'età di mio padre», borbottò con l'aria di cambiare discorso.

«All'incirca.»

«Però ha una mentalità più... moderna. Pensi che lui ha imparato a usare il computer solamente da quando è costretto in casa, dopo che gli hanno sparato.»

«Davvero?» domandai sinceramente sorpreso. «Ho sempre creduto che quello di tuo padre fosse un mestiere ipertecnologico.»

«Lui appartiene alla vecchia guardia», rispose con una punta di fierezza. «Per indagare non gli servono strumenti sofisticati.»

«E col computer come se la cava?»

«Per essere un neofita abbastanza bene. Grazie a Dio non ha più bisogno di me per consultare un motore di ricerca.»

«Dunque anche i padri crescono e diventano autonomi.»

«Solo quando i figli gliene danno la possibilità», replicò con un sorriso.

La salutai augurandole buon lavoro e raggiunsi Pagano

nello studio. Aveva captato qualcosa della nostra conversazione e mi apostrofò con una battuta.

«A proposito di fonti», disse, «nel pomeriggio verrà a trovarmi il senatore Almansi. Vuoi essere dei nostri?»

«Non mi perderò neanche una parola», confermai. «A che ora?»

«L'ora del tè e dei pasticcini: le cinque.» Quindi con apparente nonchalance aggiunse: «C'è un'altra cosa. Ho parlato con il mio amico Pertusiello. Gli ho raccontato del nostro progetto e gli ho chiesto una cortesia».

Mentre lui si accomodava ed estraeva dal portapipe una pipa di schiuma, sistemai il registratore sulla scrivania e schiacciai il tasto ON.

«Una cortesia?»

«Sì, devo parlare con Giovanni Coiro.»

Gli lanciai un'occhiata interrogativa che cadde nel vuoto. Era troppo impegnato a caricare la pipa spizzicando frammenti di Dunhill dalla scatola che aveva estratto da un cassetto.

«Siamo entrambi chiusi in gabbia e non possiamo uscire per incontrarci.»

«E vorresti che lo facessi io al tuo posto?»

«Precisamente.»

Con esasperante lentezza compresse il tabacco usando il nettapipe, accese un fiammifero e cominciò a tirare. Un fumo azzurrino si sollevò verso il soffitto e in un attimo l'aria si impregnò dell'aroma secco del tabacco inglese.

«Pertusiello è d'accordo e ti fornirà i pass necessari per visitarlo in carcere.»

«E perché non ci parla lui, con Coiro?»

«L'ha fatto», rispose sbuffandomi voluttuosamente addosso una nuvola di fumo. «Un mucchio di volte. Ma Pertusiello è il commissario capo della sezione omicidi e io sono il detective privato che l'ha incastrato.»

«E io sono uno scrittore di romanzi noir.»

«Tu farai le mie veci, amico mio», sussurrò con un risolino. Quindi virò su un tono aspro e disse: «Insomma, vuoi scriverla o no questa storia?».

«Mi stai chiedendo di parlare con Coiro *a nome tuo*?»
«Sì.»
«E a quale scopo? Dopo lo scherzo che gli hai giocato, non aggiungerà una parola a quanto ha già confessato al commissario.»
«Non ne sarei così convinto.»
Socchiuse gli occhi e aspirò lunghe boccate di fumo che gli dipinsero sul volto un'espressione beata, neanche stesse tirando oppio. Lo assaporava tenendolo in bocca, tra la lingua e il palato, come si fa con un vino vecchio o un buon whisky, e poi lo espelleva dalle narici. Mi domandai se quella pipata non fosse per lui la prima dopo l'attentato, ma evitai di chiederglielo.
«In fondo, cosa ha confessato alla polizia?» disse agitando una mano in aria.
«L'omicidio di Adele Semeria.»
«Oh, certo. Ha raccontato tutto nei minimi dettagli, prima al mio amico commissario e poi al pubblico ministero. E lo ha fatto come se non aspettasse altro, quasi che quel segreto gli bruciasse dentro e non vedesse l'ora di liberarsene.»
«E dunque?»
«Pertusiello è una vecchia volpe e non è rimasto convinto.»
«Non crede che l'abbia uccisa?»
«Sicuro che l'ha uccisa. Sono le motivazioni che ha addotto che non l'hanno persuaso.»
«Non ti seguo.»
«Ha parlato di uno stato di sovraeccitazione provocato dal fumo e dall'alcol. Ha riferito che quella sera Adele era particolarmente attraente, indossava un vestito corto e leggero che gli ha fatto perdere la testa. Anche se lei si è opposta alle sue *avances* con delicatezza, nel timore di offenderlo, si è sentito umiliato dal suo rifiuto e non ha tollerato il confronto con l'amico Cesare. Lui, sfigato dalla nascita, non era degno delle attenzioni che lei riservava all'amante segreto, il carismatico figlio dell'avvocato Almansi.»
«Non mi sembra una versione così strampalata.»
«Infatti non lo è. Peccato che sia stato io a suggerirgliela, davanti a una succulenta porzione di sushi e sashimi.»

«Vorrà dire che hai fiuto, amico mio.»

Tornò a schiacciare il tabacco e fece due tirate. Quindi aggiunse: «Quando tutto combacia, sento puzza di bruciato».

«E perché?»

«Perché gli incastri perfetti funzionano solo nei libri gialli. La realtà è un'altra cosa.»

In quelle parole colsi una sottile provocazione, quasi volesse punzecchiarmi sul mio terreno e ricordarmi che quella era un'indagine vera e non un intreccio di cartapesta.

«Nei miei romanzi non combacia quasi niente.»

«Lo so, li ho letti tutti», disse passando a un tono più conciliante. «Perciò bisogna scavare e non accontentarsi dell'apparenza.»

«Mi piacerebbe sapere cosa ti frulla in testa.»

Si passò le dita nella barba e compose un'espressione ambigua, mezzo interrogativa e mezzo sorniona. «Se avessi la risposta non ti chiederei di incontrare Coiro.»

«Avrai qualche idea, il detective sei tu.»

Mi guardò dritto negli occhi e rispose secco: «No».

«Dunque non puoi suggerirmi le domande che dovrei rivolgergli?»

La pipa si era spenta. Con un gesto lento la depose nel posacenere e mi scrutò quasi divertito, come se si aspettasse quella richiesta.

«Sei furbo, Vasco», disse. «Vuoi farmi scoprire le carte prima ancora che la partita sia cominciata.»

«Non mi è mai piaciuto giocare a mosca cieca.»

«Non ti lusinga dimostrarmi quanto sei in gamba nel tuo mestiere?»

«Neanche un po', specialmente quando si tratta di andare allo sbaraglio di fronte a un assassino. Tu dovresti saperlo: quando hai accettato l'incarico di Almansi in campagna elettorale ti sei trovato nella stessa situazione.»

«Forse è stato sempre così», rispose con aria rassegnata. «In un lavoro sporco come l'investigatore privato bisogna mettere in conto che il primo sospettato è il tuo cliente.»

«Ti riferisci a *questo* incarico?»

«Questo o un altro non fa differenza.»

«Non ti fidi di me?»
«Di te mi fido», rispose con un tono che non ammetteva repliche.
«Allora è il tuo vecchio compagno di liceo che ti riempie di dubbi?»
Rimase in silenzio e si limitò a lasciar vagare lungo le pareti uno sguardo carico di trepidazione, quasi cercasse nei libri una conferma, la rassicurazione che il vecchio Bacci Pagano non aveva smarrito la lucidità di un tempo. Forse questa era stata la paura che lo aveva spinto a imparare come si usa un computer, a divorare in due giorni tutti i miei romanzi e ad accettare di scrivere con me una nuova indagine. Quel maledetto colpo di pistola lo aveva indotto a proiettarsi in un futuro la cui certezza era necessaria per sopravvivere nel presente, ipotecando i giorni a venire con il convincimento della propria vitalità. Ma per farlo doveva appigliarsi a sicurezze che venivano dal passato.
Incrociò i miei occhi e disse: «Non potrai certo chiedergli perché lo ha fatto».
«Potrei domandare che cosa si sono detti prima che la uccidesse.»
«Mi sembra un ottimo argomento per cominciare.»
«Credi che risponderà?»
«Dipende», borbottò lisciandosi i baffi.
«Dipende da cosa?»
«Dovrai convincerlo che è come se parlasse con me.»
«Devo farmi crescere la barba?»
Arricciò il naso e facendo no con la mano attaccò a spiegare: «Gianni Coiro non è una bella persona. In fondo alla sua disperazione cova una miseria che ha qualcosa di sordido. Quante volte mi sono domandato come Cesare, che sotto l'apparente modestia ha sempre nutrito per sé stesso una grande considerazione, abbia potuto coltivare per tanti anni l'amicizia di un uomo che non ha alcun rispetto per la propria persona, un infelice che ha compiuto le scelte più ignobili non per cinismo, ma perché si disprezza, si considera un rifiuto umano».
«Ma tu che c'entri con tutto questo?»

«Io l'ho capito quasi subito, e Coiro lo sa.»
«E questo lo indurrebbe a parlare?»
«Bisogna avere conosciuto la galera per capire certi stati d'animo.»
«Lui non era mai stato in carcere.»
«Ma l'ha cercato per tutta la vita. Ha commesso ogni sorta di nefandezza per dare un perché al suo sentirsi braccato. L'omicidio di Adele è stata la sua epifania e gli ha consentito di diventare quello che si è sempre sentito: un essere sporco e indegno di stare al mondo.»
«Sembra che tu lo conosca da sempre», commentai sorpreso da giudizi così perentori. «Dopotutto l'hai incontrato due o tre volte in tutto. Possibile che Cesare Almansi, che lo ha frequentato per trent'anni, non si sia accorto di nulla?»
«Cesare per trent'anni ha fatto di peggio: lo ha coperto. E non capisco perché lo abbia fatto.»
«È questo che vuoi sapere da Coiro: perché il tuo amico senatore lo abbia sempre protetto?»
Abbandonò le mani sulla scrivania e intrecciò le dita. La sua espressione era tesa ed esprimeva il rovello che da mesi gli aveva tolto la pace. «Dubito che conosca la risposta, come non la conosce Almansi.»
«Con lui ne hai parlato?»
«Ha tirato in ballo i sentimenti. L'amicizia avrebbe fatto velo alla verità, impedendogli di vedere quello che sarebbe stato evidente a chiunque.»
«E tu gli credi?»
«Non ho motivo per non farlo. Come dice Gina, non si sarà comportato come un santo, ma in fondo aveva le sue buone ragioni.»
«Essere eletto a palazzo Madama è una buona ragione?»
«Dipende dalle motivazioni che ti animano. Cesare ha sempre tenuto fede ai suoi convincimenti e si è battuto con coerenza nell'interesse di poveracci d'ogni risma. I soldi in tasca non gli sono mai mancati e la scelta di correre per il senato non è stata mossa né da sete di potere né da cupidigia. Nel suo lavoro è sempre stato un puro, un idealista che ha dedicato l'esistenza alla causa dei perdenti, e sarei nuova-

mente pronto a mettere a repentaglio la mia vita per sostenerlo.»

«Vizi privati e pubbliche virtù?»

Sollevò una mano per bloccarmi, lasciando intendere che di questo non voleva parlare. «È anche dotato di un'intelligenza eccezionale», proseguì, «e ha l'istinto del vincente. In tribunale è riuscito a fottere cordate di legali prezzolati dalle multinazionali, trovando sempre l'anello debole dei loro argomenti e costringendo i loro clienti a pagare risarcimenti milionari.»

«Peccato che gli sia sfuggito un piccolo particolare...»

«Ottuso», disse con rabbia. «Nei riguardi del suo amico Gianni Coiro si è dimostrato cieco e ottuso, quasi che...»

«Quasi che?»

Lasciò che le palpebre cadessero in segno di resa, e concluse: «*Non volesse* sapere».

«Dunque è questo che ti aspetti da me? Che strappi a Coiro un gesto, una parola che ci aiuti a capire quale incantesimo ha impedito all'uomo della provvidenza di vedere la verità? Non ti è passata per la testa l'idea che il tuo amico fosse ricattato dal costruttore?»

«Cesare è pulito», replicò lapidario.

«E sia, ti concedo che l'avvocato e il politico non nascondano scheletri nell'armadio e non abbiano niente da temere dal mondo del malaffare. Ma, in tutta sincerità, puoi escludere che Almansi avesse un interesse personale a coprirlo, magari dettato da qualche magagna della propria vita privata?»

«Ora sei tu a non fidarti di me.»

«Perché non vuoi parlarne?»

Gli scappò una risata che mi avvertiva che stava per spararla grossa.

«È il mio cliente», disse ghignando. «Sono vincolato dal segreto professionale.»

«Ti sbagli, amico: il tuo cliente sono io. Questa indagine è pagata dai miei diritti d'autore.»

Si atteggiò come a scusarsi, o forse era il dolore di una ferita ancora aperta.

«Non temere, quando verrà il momento te ne parlerò. Tu non conosci Cesare come lo conosco io. Quando gli ho fornito la prova della colpevolezza del suo amico non ha avuto esitazioni e ha deciso di denunciarlo. Non è stato facile, quasi sperasse fino all'ultimo in un mio errore, ma sul suo volto si leggevano come in un libro aperto il rammarico e la colpa di non aver voluto vedere. Eppure Adele era la sua ragazza e Coiro l'aveva uccisa a colpi di pietra.»

Tacque per prendere fiato e lo sguardo sembrava perduto nel ricordo confuso di quella maledetta notte.

«No, nessun interesse personale», aggiunse in tono conclusivo. «Almansi non si sarebbe mai reso complice di un omicidio.»

«Però per trent'anni ha coperto un omicida.»

«Se lo ha fatto è perché qualcosa lo ha...» Fece una pausa e pronunciò la parola lentamente, scandendo ogni sillaba: «*costretto*».

6.
ALMANSI

Il senatore indossava un impeccabile completo di cotone color carta da zucchero, camicia bianca leggera, una cravatta regimental, calzini blu e un paio di mocassini scamosciati. Sedeva su una delle poltroncine dell'ufficio di Pagano con le gambe accavallate e pareva sentirsi perfettamente a suo agio. Sorseggiava il tè davanti alla scrivania dove Aglaja aveva sistemato un vassoio con il servizio di porcellana, latte, limone e un cabarè ricolmo di pasticcini acquistati per l'occasione dall'illustre ospite.

Pagano taceva e non lo degnava di uno sguardo mentre si dava da fare per riempire un'elegante pipa fiammata con il solito tabacco inglese.

«Non dovresti fumare», lo rimproverò l'amico. «Quando ti opereranno il tuo sistema cardiocircolatorio dovrà essere in condizioni ottimali.»

«Il mio sistema cardiocircolatorio funziona come un orologio svizzero», replicò lui. «Tu, piuttosto, cerca di non ingolfarti di lavoro fino a scoppiare. Mi hanno detto che non hai ancora mollato lo studio legale.»

«Non del tutto», si giustificò. «Il lavoro in senato mi lascia il tempo di seguire qualche causa che mi sta particolarmente a cuore.»

Pagano inarcò le sopracciglia e compose un'espressione ironica che il senatore sembrò ignorare di proposito.

Dopo le presentazioni gli avevo illustrato il nostro modo di lavorare, ma quando stavo per avviare il registratore lui chiese contrariato: «Intende registrare la nostra conversazione?».

«Certo», risposi.
«E perché?»
Pagano aveva acceso la pipa e, mentre tirava lunghe boccate e soffiava fuori il fumo dalle narici, ridacchiava compiaciuto.
«Perché finirà nel romanzo», rispose. «Vasco e io abbiamo deciso di raccontare una nuova indagine: quella che sto svolgendo rinchiuso in questa specie di gabbia.»
L'amico lo guardava sempre più stupefatto.
«Una nuova indagine?»
«Sto dando la caccia a chi ha cercato di ammazzarmi.»
«Non ci sta lavorando la polizia?»
«Non è la prima volta che il vicequestore Pertusiello e la sua squadra si avvalgono del mio aiuto. E in questo caso ne sono particolarmente felice perché la pelle in gioco è stata la mia.» Esitò qualche secondo, quindi puntualizzò: «O meglio *sarà* la mia».
Almansi accolse quella rettifica con una smorfia di dispiacere che si affrettò a esprimere in parole. «Oh, smettila! Ora che abbiamo trovato il chirurgo giusto, è solo questione di tempo.»
«È proprio questo», replicò il detective. «Non so se mi basterà il tempo per venirne a capo.»
«Che dice la polizia?»
«Dovresti saperlo», replicò Pagano. «Gli telefoni ogni giorno.»
«Il tuo amico commissario non ti nasconde niente, eh?»
«Ti stupisci? Con Pertusiello ci conosciamo da oltre vent'anni. Se mai dovrei essere io a sorprendermi della tua domanda.»
«In che senso?»
«Non sarai tu a temere che ti nasconda qualcosa?»
«Non ci vedo niente di strano, quando c'è di mezzo il segreto istruttorio...»
«Al diavolo il segreto istruttorio!»
«La pista mafiosa sembra non convincerlo», riprese il senatore impostando la voce e virando su un tono più amichevole.

«Non convince nemmeno me. Morabito non è uno stupido e sapeva benissimo che la mia morte avrebbe suscitato un vespaio e gli avrebbe procurato solo guai. Dopotutto, che fastidio potevo dargli?»

«Avevi ascoltato la conversazione tra la sua donna e l'architetto De Paoli a proposito del disegno di legge sulle discariche.»

«E allora? Avevo già deposto e sparare a un testimone non è un buon affare.»

«Anche questo è vero», replicò l'altro. «Ma allora chi poteva avere interesse a ucciderti?»

«Se mai arriveremo a scrivere l'ultima pagina di questo romanzo», rispose il detective indicando nella mia direzione, «avrai la risposta. Vasco è un consumato scrittore di polizieschi e sa bene che l'identità dell'assassino deve restare ignota fino alla fine.»

«Hai qualche sospetto?»

«Sospetti? Quando ti accosta un SUV e senti esplodere un colpo e non vedi più niente, finisci per non fidarti più di nessuno, neanche di te stesso.»

«Il dottor Pertusiello mi ha riferito che la scientifica ha passato il fuoristrada al setaccio senza trovare il minimo indizio.»

«Se ricordo bene», intervenni, «era stato rubato poche ore prima dell'attentato nella zona della Foce.»

«In barba ai progressi della tecnologia investigativa», bofonchiò Pagano con la pipa tra i denti e gli occhi socchiusi, «è andata come per l'automobile di Adele.»

Almansi gli lanciò un'occhiata sconcertata. «Che intendi dire?»

«Non hanno trovato un cazzo: solo le impronte del proprietario, della moglie e della figlia.»

«Il commissario ha accennato a frammenti di stoffa di velluto nero», puntualizzò l'altro, «e il proprietario sostiene che nessuno di loro possiede indumenti di velluto nero.»

«Sì, velluto nero e tulle rosa. Con queste cazzate non caveranno un ragno dal buco.»

Quindi, concentrato sulla sua costosa pipa di radica fiammata, con l'aria di affrontare un argomento spinoso attaccò: «Sai una cosa, Cesare? In questi mesi di ozio forzato ho riflettuto molto su quella notte di tanti anni fa».

L'amico non rispose e rimase in attesa.

«Ho ripensato ai possibili significati di quanto è accaduto: perché mai Adele è piombata al Covo di Nord Est in piena notte, senza avvertirti, per poi andarsene via senza dirti una parola?»

«Possibili significati?» ripeté il senatore.

Il fastidio che quel discorso gli stava procurando era evidente dallo sguardo, che non trovava un luogo dove posarsi, e dalla piega increspata delle labbra.

«Mi sono domandato», proseguì il detective, sempre senza guardare il suo interlocutore, quasi parlasse con sé stesso, «quale fosse lo stato dei tuoi rapporti con Adele. Mi hai detto che avevate una relazione che tenevate segreta per non urtare la suscettibilità di Lou, la sorella minore, che era invaghita di te.»

«È così. Mi rendo conto che eravamo due stupidi, ma è la verità.»

«Da quanto tempo durava la vostra storia?»

«Quindici mesi», rispose, quasi che in quei trent'anni il ricordo gli fosse rimasto attaccato addosso come una zecca.

«Quindici mesi», proseguì Pagano, continuando a fumare ed evitando il suo sguardo, «senza che nessuno sapesse.»

«Non ne avevo parlato con nessuno, te lo giuro.»

«Eppure qualcuno aveva intuito...»

«Ti ho detto che la ragazzina deve avere mangiato la foglia, Lou non è una stupida...»

«Oh, sì che lo è.»

L'avvocato sussultò e gli lanciò un'occhiata che era un misto di sdegno e sorpresa. Nel frattempo, nonostante la porta-finestra fosse spalancata, l'aria della stanza si era riempita d'una cortina caliginosa che sprigionava odore di camino.

«Spiegati meglio», disse cercando di conservare la sua compostezza.

Il detective lo fissò con uno sguardo feroce che non gli

avevo mai visto, ma le parole uscirono con apparente leggerezza: «È stato così che hai cominciato a farti le ossa?».

«Non capisco di che stai parlando.» Almansi stava facendosi paonazzo in volto e sembrava sul punto di esplodere.

«Lo sai benissimo di che sto parlando», replicò Pagano trattenendo a stento un sorriso di scherno. «La vita a volte è davvero bizzarra: hai fatto il tuo primo tirocinio di clandestinità amorosa a spese della donna che sarebbe diventata l'amante della tua vita.»

Il senatore si alzò di scatto e strinse i pugni. «Lo sapevo che avresti finito per arrivare a Lou!» cominciò a gridare. «Non ti è andata giù che non ti abbia voluto e abbia scelto di restare con me!»

«Dunque ti ha raccontato di noi.»

«Certo che mi ha raccontato! Non ci sono segreti tra noi...»

«Questo mi consola», rispose il detective senza alzare la voce, ma con un tono aspro, carico di sarcasmo. «Perché finalmente potremo parlarci senza nascondere nulla. E ora siediti, che non abbiamo ancora finito.»

Il senatore ubbidì senza fiatare, come uno scolaretto appena colto in fallo. Sapevo che era sposato e si capiva che quella storia di ordinaria infedeltà non se la viveva bene.

«Che altro vuoi, ancora?» domandò rimanendo seduto sul bordo della poltroncina.

«Tanto per cominciare non hai risposto alla mia domanda.»

«Quale domanda? È da quando sono qui che mi tempesti di domande. Sono venuto a trovarti per sapere come te la passi e mi sembra di stare in questura.»

«Lo so che sei pratico di interrogatori. Dopo la morte di Adele hai retto magnificamente al pressing degli investigatori che volevano sapere chi c'era con te la notte in cui è stata uccisa.»

«L'ho fatto per coprire te...»

«...e l'assassino della tua ragazza.»

Chinò il capo e portò pollice e indice sulle palpebre, serrandole in un gesto che aveva il sapore di una resa.

Con un movimento lento e misurato Pagano appoggiò la

pipa sul posacenere e riprese: «La domanda è questa: come andavano le cose fra te e Adele prima che Coiro la ammazzasse?».

Almansi sollevò la testa e guardò l'amico con uno sguardo che ricordava lo smarrimento di un bambino. Per un momento dimenticai che avevo davanti un agguerrito avvocato abituato a vincere tutte le battaglie che ingaggiava, in tribunale come in politica.

«Perché me lo domandi?» balbettò con aria spersa.

«Perché quando tra due amanti fila tutto liscio non succede che la donna piombi di sorpresa in discoteca alle due della notte. Adele non si fidava di te?»

«Adele era morbosamente gelosa.»

«Dunque non si fidava.»

«Evidentemente no.»

«E tu?»

«Io cosa?»

«Come si sta con una donna *morbosamente gelosa*?»

Il disagio del senatore era diventato palpabile. Si muoveva di continuo sulla poltrona come se scottasse, aveva cominciato a sudare e gli occhi roteavano frugando gli angoli della stanza alla ricerca di un rifugio dove annidarsi. Trasse un lungo respiro e impostando la voce attaccò: «Adele era una strana ragazza. Non aveva amiche, trascorreva gran parte del tempo in solitudine, studiando e leggendo romanzi che la intossicavano di romanticismo. Non dava confidenza a nessuno e anche con Lou non parlava mai di sé. Si era presa cura di lei fin dalla nascita, raccoglieva le sue confidenze e nutriva nei suoi confronti un'assillante preoccupazione, quasi temesse che potesse succederle qualcosa. Ma era incapace di una vera intimità. Anche l'immagine che si era fatta della sorella non corrispondeva alla realtà: la dipingeva come fragile e sofferente e per questo non voleva che sapesse della nostra relazione, mentre Lou mi ha confessato che aveva intuito da subito che stavamo insieme...».

«Se ho capito bene», lo interruppe Pagano, «stai parlando di una relazione segreta e ingombrante.»

Almansi deglutì e fece sì con il capo.

«Ora rispondimi con sincerità: quanto *segreta* e quanto *ingombrante*?»

«Vuoi sapere se mi ero stufato di lei?»

«E se ne avevi parlato con qualcuno.»

Seguì un lungo silenzio dove non si avvertiva imbarazzo, ma piuttosto dolore. Il senatore si sforzava di ricordare e, man mano che i ricordi affioravano, come acuminate schegge di vetro, riaprivano ferite che il tempo forse non aveva mai cicatrizzato.

Finalmente si decise a parlare. «Qualche giorno prima dell'omicidio avevo visto Katia», disse di getto. «Era abbracciata a un ragazzo e si baciavano con passione. Lei non si era accorta di me e io avevo cambiato subito strada. Ma la cosa non mi aveva lasciato indifferente.»

«Ne avevi parlato con qualcuno?» insistette il detective.

«Con nessuno», rispose l'altro, quasi stupito della domanda. «Se lo avessi fatto, sarebbe stato come tradire Adele.»

«Se non ricordo male, mi hai detto di aver incontrato di nuovo Katia due anni dopo.»

«Sì, nell'estate dell'82, a una festa di compleanno dove ero capitato per caso senza essere stato invitato.» Fece una pausa, poi continuò: «Hai ragione, il destino gioca strani tiri. Fra noi è stato di nuovo amore a prima vista, come ai tempi del liceo, e a settembre dell'anno dopo ci siamo sposati».

«Non deve essere stato difficile», rispose Pagano con un tono più accomodante. «Ricordo bene Katia Airoldi, la più bella ragazza del liceo Colombo. Sembrava la controfigura della Valentina di Crepax, con quegli occhioni sgranati e le lunghe gambe sempre in vista sotto minigonne cortissime. Quando arrivò in quarta ginnasio, noi dell'ultimo anno ci ci innamorammo come pere cotte. Ma, fra tanti, lei già allora aveva scelto te: il leader carismatico dallo sguardo irresistibile.»

Almansi ascoltava e taceva e mi accorsi che i suoi occhi si erano fatti torbidi. Si alzò dalla poltroncina, aggirò la scrivania e si portò vicino all'amico che, imprigionato nel presidio ortopedico, non poteva guardarlo in faccia. Gli afferrò una mano e, la voce strozzata dalla commozione, ripeté: «Mi dispiace, Bacci. Mi dispiace davvero».

«Di che?» domandò il detective. «Di avermi soffiato per la seconda volta la donna dei miei sogni?»

«Di tutto: averti coinvolto in un'indagine che ha messo a rischio la tua vita, averti nascosto la verità, non avere compreso per tempo che fra te e Lou...»

«Siamo entrambi vaccinati e io navigo verso i sessanta.»

«Ti ho fatto del male senza volerlo, capisci?»

«Eccome, nel campo sono uno specialista.»

«Come posso sdebitarmi?»

«Un modo ci sarebbe», rispose Pagano in preda a un visibile disagio.

«Dimmelo, sono pronto a tutto. Intanto sappi che l'intervento è tutto a mie spese.»

«Non preoccuparti, a quello penserà la mia assicurazione.»

«Allora dimmi...»

«Non bluffare più e aiutami a trovare chi mi ha sparato.»

«Lo farò, te lo prometto», rispose l'avvocato senza macchia e senza paura prima di congedarsi.

Nel frattempo doveva avere dimenticato che il registratore era in funzione e che quella scomoda conversazione sarebbe finita nel mio nuovo romanzo.

7.
CLARA

Quando restiamo soli, Pagano mi domanda che impressione ho ricavato dall'incontro con il senatore.

«Credo che tu abbia ragione: è un puro.»

Continua a fissarmi in silenzio e questo atteggiamento mi irrita. Mi fa sentire uno scolaretto sotto esame.

«Che altro vuoi sapere?» domando brusco.

«Ti ha convinto?» chiede riprendendo in mano la pipa.

«A te no?»

Non risponde e si limita a massaggiarsi la barba, quasi a verificare quanto sia cresciuta, conservando quell'insopportabile aria criptica da giocatore di poker che ha usato con il suo amico Cesare.

«Sai cosa penso, Pagano?» sbotto. «Con lui manchi di obiettività. Si vede benissimo che nei suoi confronti nutri una diffidenza preconcetta, dettata da un'inspiegabile ostilità... È forse per via di quella donna?»

«Quale donna?»

«Non so, avete parlato di una donna...»

«Lui mi ha usato», ribatte senza lasciarmi finire. «Mi ha raccontato una montagna di balle e si è servito di me come se fossi un estraneo, fregandosene di tutto quello che ci ha legato e per cui abbiamo combattuto insieme. Se ora mi trovo qui, ingabbiato come un fenomeno da baraccone, la colpa è anche sua.»

«Questo non significa che continui a mentire.»

«Invece sì», risponde riponendo la pipa spenta nel posacenere. «Su una cosa sicuramente ha mentito.»

«Quale?»

«Mi stupisce che non te ne sia accorto. La sua versione non fa una grinza, salvo uno svarione che salta agli occhi.»

«Quale?» ripeto.

«Te lo dico dopo», risponde alzandosi in piedi con sforzo e girandomi le spalle, rivolto verso il terrazzino.

Lo guardo uscire all'aperto e compiere un goffo movimento del corpo a disegnare un arco che abbracci l'intera visuale. I tetti della città vecchia, la facoltà di architettura con il giardino gremito di studenti e, a sinistra, il mare. Anche se non amo gli indovinelli e la sua risposta mi ha indispettito, sono assalito da un turbamento che non riesco a spiegarmi. Mi commuove la vista di quell'uomo sospeso tra la vita e la morte, animato da un disperato bisogno di sapere e da una altrettanto disperata paura di non avere abbastanza tempo per soddisfarlo. Avverto in lui l'urgenza di fare qualcosa, ma continuo a non capire quale rovello lo tormenti al punto di farlo sentire in debito con il mondo intero.

È una giornata calda e asciutta. Il sole ancora alto lo investe costringendolo a socchiudere gli occhi. Osservo il suo profilo affilato mentre guarda fisso il mare e il cielo dove i gabbiani volteggiano lenti, disegnando pigre traiettorie sulle mancine del porto.

«Questo è il mio mondo», dice. «Il paesaggio di tutta la mia vita.»

Mi spiega che è nato in salita dei Servi, nell'antica *Mœnna,* il rione della Marina raso al suolo negli anni Sessanta per fare posto all'orrenda colata di cemento del centro direzionale eretto sul rio Torbido. Con i genitori e il nonno Baciccia si è poi trasferito in via del Colle, la strada che corre lungo le antiche mura del Barbarossa. Qui è cresciuto e qui, una volta uscito dal carcere, ha vissuto con la moglie Clara. Il nonno Baciccia non c'era più, un infarto se l'era portato via quando Bacci frequentava la quarta ginnasio, e mentre languiva in galera a Novara anche i suoi genitori erano morti senza preavviso. Prima sua madre e poi suo padre, nel giro di un anno e mezzo. Qui è nata Aglaja e sui pavimenti di graniglia di quella piccola casa popolare ha imparato a gattonare e poi a camminare.

I primi tempi erano stati felici: Bacci era tornato da due anni di peregrinazioni per il mondo, da Cuba agli Stati Uniti, dal Marocco al Kenia alla Tanzania, e sembrava finalmente avere trovato pace. Grazie all'interessamento di un compagno di suo padre che lavorava in polizia aveva ottenuto la licenza di investigatore privato e avviato un'attività che, inaspettatamente, si era rivelata molto redditizia. Ma non durò a lungo.

Con Clara si conoscevano dai tempi del liceo e non si erano mai persi di vista. Una relazione intermittente, come si usava allora, quando si sperimentava su tutto e anche i sentimenti venivano infilzati da una razionalità che all'ipocrisia aveva sostituito l'autoinganno della verità a tutti i costi, fra coppie aperte e improbabili comuni dove il sesso libero era insieme premio e condanna, sollievo e maledizione. Una relazione intermittente che possedeva però la tenacia delle intese profonde, dove si condividono interessi e valori, e che sembrava funzionare, non fosse stato per il modo di intendere il proprio lavoro da parte di Pagano.

«Che intendi dire?» domando.

«A spingermi nelle indagini più pericolose era la rabbia», risponde fissando la linea dell'orizzonte, quasi a rimarcare quanto quell'affermazione sia conclusiva. «Non ho mai accettato gli incarichi che solitamente danno da campare agli investigatori privati: pedinamenti di mogli e mariti sospettati di infedeltà o di figli a cui è venuta meno la fiducia dei genitori. La mia specialità era ritrovare persone scomparse e scovare le prove dell'innocenza di imputati che erano incappati nelle maglie di una giustizia approssimativa. Spesso mi sono trovato a pestare i piedi ai potenti, alla malavita organizzata, a eminenze in doppiopetto che se la facevano con la peggior feccia della città.»

Accettava ingaggi che lo mettevano in pericolo oltre la misura che qualunque compagna di vita avrebbe tollerato. Clara lo amava, ma quel sentimento aveva finito per metterla in conflitto con l'amore che portava ad Aglaja.

«In cinque anni sono finito sei volte all'ospedale per ferite d'arma da fuoco e una con la pancia aperta dalla lama di un coltello. Quando si gioca con la morte, la precarietà diventa una seconda pelle e la vita conosce solo la dimensione del presente. Non puoi pianificare alcun futuro perché sai che ogni giorno potrebbe essere l'ultimo. Nessuno si stupirà leggendo sul giornale che qualcuno ti ha aspettato sotto casa per svuotarti addosso il piombo di un caricatore. Clara aveva il bisogno di immaginare un futuro per proiettarvi quanto di più caro aveva al mondo: nostra figlia. Quando ho cominciato a sentire che si allontanava, ho preso a tradirla con altre donne, tutte quelle verso cui provavo attrazione e che mi ricambiavano. Non è stato difficile, il desiderio è come un gas, si espande nell'aria e nulla può contenerlo se non il contatto con gli affetti più profondi. L'ho fatto maldestramente, senza curarmi di nasconderlo, anzi, forse volevo che lei se ne accorgesse per metterla alla prova, per vedere fino a quale punto tenesse a me.»

«Avevi dentro un demone che non ti dava tregua?»

«Te l'ho detto», esclama quasi spazientito. «Era sempre lei: la maledetta rabbia.»

Allora la attribuiva agli anni che il carcere gli aveva rubato, ma a poco a poco si era reso conto che non era così. Quel sentimento aveva origini remote che trascendevano il suo tempo e la sua esistenza.

«Ripetevo senza saperlo il gioco antico che aveva avvelenato l'amore tra mia madre e mio padre, trasformando il loro matrimonio in un rimando di recriminazioni covate sotto un silenzio senza speranza. Ma Clara non c'è stata e ha chiesto la separazione e l'affidamento esclusivo della bambina.»

La relazione dei suoi genitori era nata all'inizio della guerra, nella delegazione industriale di Sestri Ponente dove entrambi abitavano e lavoravano in fabbrica. Nel 1944 la madre era entrata nella Resistenza come staffetta partigiana. Si chiamava Anna Clotilde Canepa, ma tutti la chiamavano Tilde. Dopo essere stata catturata dai fascisti era diventata l'amante di un ufficiale della Wehrmacht e da lui aveva avuto un figlio, della cui esistenza Pagano è venuto a conoscenza qualche anno fa, nel corso di un'indagine che gli era stata affidata da un professore tedesco, un certo Kurt Hessen. Il detective ignorava che quell'uomo fosse suo fratello. Dopo averlo partorito vicino a Salò Tilde lo aveva abbandonato, affidandolo agli zii paterni, e di lui non aveva più avuto notizie. La sua relazione con il colonnello Hessen era stata voluta dal comando dei Gruppi di azione patriottica per estorcere informazioni al nemico.

Il padre di Pagano si chiamava Guido, era alto e smilzo e faceva parte del gruppo armato del comandante Olindo Grandi, che lo considerava uno dei suoi uomini migliori. Il suo nome di battaglia era Biscia. Finita la guerra, Biscia e Tilde si sposarono, ripudiando quei nomi come se questo bastasse a cancellare il passato. Invece il passato aveva continuato a erodere la loro unione trasformandola in un pozzo avvelenato. Pagano è convinto che Guido avesse tentato in ogni modo di riconciliarsi con la moglie, ma inutilmente. Anna non gli ha mai perdonato il fatto di non essersi opposto – in nome della causa – alla relazione con il colonnello Hessen. Il comandante Grandi sapeva che lei e Guido erano fidanzati e sarebbe bastata una parola di quest'ultimo per fermare la missione che, peraltro, salvò la vita a decine di partigiani. Forse Biscia voleva che fosse Tilde a dire di no e questo suonava per lei un atto di vigliaccheria che non meritava indulgenza né comprensione.

Comunque stessero le cose, quello che si consumò fu un inferno durato più di trent'anni. Un inferno che aveva interposto fra loro un muro di rancore e sofferenza senza parole e li aveva portati a mettere al mondo un figlio per una decisione nutrita dalla ragione ma non dal desiderio. Figlio cercato senza essere desiderato, figlio voluto ma non amato. Questo si è sempre sentito Bacci Pagano – «se al mio posto ci fosse stato un altro, non avrebbe fatto differenza» – ed era abbastanza per fare di lui un uomo candidato all'inquietudine e all'infelicità, incapace di creare una coppia migliore di quella che aveva conosciuto nell'infanzia.

Solo di rado gli tornano alla mente episodi in cui Anna gli ha mostrato tenerezza. A salvarlo, almeno in parte, è stato l'amore di suo padre e quello del padre di lei, il nonno

Baciccia, che ha vissuto con loro fin dal momento della sua nascita.

«Clara cercava serenità, e io come potevo accontentarla?» scandisce a fatica, le mascelle serrate e il volto deformato da una smorfia. «Aglaja era al primo posto nei suoi pensieri e doveva essere messa al riparo da tutto questo. E il solo modo per farlo era non farmela più vedere.»

I giudici le hanno dato ragione.

«E per una volta hanno fatto bene», aggiunge.

Dieci anni senza vedere sua figlia, se non pedinandola di nascosto sfruttando la consumata esperienza del suo lavoro, per non incorrere nei rigori del provvedimento emesso dalla quarta sezione del Tribunale di Genova che ingiungeva «al Pagano Giovanni Battista di non avvicinare, né contattare la figlia Aglaja attraverso il telefono o altri mezzi, se non previa autorizzazione della madre Sciutto Clara, e comunque sempre sotto stretta sorveglianza di quest'ultima».

La spiava appostandosi davanti alla scuola per vedere come cresceva quella mocciosa con l'aria da leggera dei carruggi, dalla quale aveva dovuto separarsi quando aveva solo otto anni.

Eppure sente che la donna che ha sposato, rigida e tanto naturalmente propensa a seguire le regole quanto incapace di penetrarne il significato, ha fatto quello che andava fatto. E che, senza la sua spietata battaglia, ora Aglaja non sarebbe quello che è. Ma sa anche che la battaglia ha dovuto condurla contro di lui, per impedirgli di contagiare con il suo demone la vita della figlia e rubarle in un colpo l'infanzia e la serenità.

«Poco prima di compiere diciotto anni», continua rientrando in casa con passi lenti e studiati, «Aglaja è scappata di casa e mi ha raggiunto in Sardegna, alla Marina di Sarrala, nel luogo dove con Clara avevamo scelto il suo nome. Scoprire che amava la musica di Mozart e che spesso sua madre le parlava di me mi ha procurato un dolore che da allora non mi ha più lasciato.»

«Certo che sei un tipo strano», obietto.

Torna a sedersi, usando estrema cautela e guardandomi

fisso, e solleva una mano. «Lo so cosa vuoi dire», aggiunge. «Avrei dovuto gioire. Ed è stato così, ma insieme ho capito che Clara in tutti quegli anni aveva agito *per* il bene di Aglaja e non *contro* di me, e questo mi ha fatto crollare il mondo addosso. Mentre le impediva di vedermi – e io l'ho odiata per questo – le trasmetteva un sentimento d'amore per tutto quello che avevo significato per lei.»

«*Per lei* chi?»

« Clara, mia moglie.»

«Non starai sottovalutando i sentimenti di tua figlia? Dopotutto avete vissuto otto anni insieme…»

«Sì, certo, i sentimenti di mia figlia», ripete con lo sguardo lontano, quasi assente. «Era una bambina e Clara poteva farli a pezzi, se avesse voluto.» Una pausa che lo riporta in questo mondo. «Ma non lo ha fatto.»

«Non capisco dove vuoi arrivare.»

«Per anni ho creduto che volesse cancellarmi dalla propria mente e da quella di Aglaja. Quando ho saputo che dopo il matrimonio con Giovanni si sarebbero trasferiti a Chiavari mi sono detto: ecco, quella stronza vuole mettere una distanza anche fisica tra me e mia figlia, e invece non era così. Clara ha continuato a tenere viva nella mente e nel cuore di mia figlia l'immagine di suo padre. E non avrebbe potuto farlo se ad animarla fosse stato solamente l'odio.»

«Intendi dire che ti amava ancora?»

«La questione non è se mi amasse o no – e comunque la risposta è no – ma che mi ha amato e io non ho dato al suo sentimento il valore che meritava.»

«Prima hai detto che l'hai sentita allontanarsi da te…»

«Lo ha fatto per proteggere la bambina. In cuor suo avrebbe voluto proteggere anche me, ma era un'impresa impossibile: nessuno può essere protetto da sé stesso.»

«Non capisco che cosa ti assilli: Gina mi ha riferito che la situazione è cambiata. Non siete più ai ferri corti, Clara ha accettato di buon grado che Aglaja viva qui e, dopo che ti hanno sparato, viene spesso a trovarti e ti dimostra un profondo affetto.»

Annuisce con gli occhi. «L'ho fatta soffrire», insiste. «Molto. E non me lo perdono.»

«Rischiando la pelle hai tolto dalla sofferenza persone che si trovavano in pasticci ben più grossi.»

«Dimentichi quale eredità ho lasciato ad Aglaja. Dopo l'attentato la sua non è più vita, senza contare che da un momento all'altro...»

«Oh, insomma!» sbotto. «Perché non hai scelto di fare l'impiegato del catasto anziché l'investigatore privato?»

La battuta lo porta a tentare un sorriso, ma non gli riesce. Il suo volto magro, segnato da lineamenti appuntiti, mantiene la fissità di una maschera senza espressione.

«Non potevo fare altro che quello che ho fatto», replica.

«E dunque?»

«Parli come se il destino fosse fuori e non dentro di noi.»

«Avresti voluto cambiare il tuo destino?»

«Tu che dici?»

Io che dico?

Comincio ora a capire che l'attentato è stato solo un accidente. Avrebbe potuto accadere venti, trent'anni prima, perché era inscritto nella vita di un uomo senza pace. L'azzardo rientra nell'ordinario della sua esistenza e sfidare la sorte è sempre stata la sua maledizione. Sono sul punto di dirgli che forse è stato questo a far innamorare le donne per le quali oggi prova rimorso, ma mi trattengo perché non gli direi niente di nuovo. Pagano è un uomo che potrebbe morire sotto i ferri di un neurochirurgo e si sente arrivato al capolinea, ma la lesione vertebrale e la gabbia che lo paralizzano sono poca cosa rispetto all'inquietudine che lo avvolge come un'aura di dannazione.

«Vuoi la verità?» domando con una punta di apprensione.

«È il minimo che mi aspetto da te.»

«Mi ricordi certi giocatori incalliti che non possono mollare le carte finché non hanno lasciato sul tavolo l'ultimo spicciolo.»

«In tasca mi resta ben poco, ormai.»

«Devi solo smettere di tentare la sorte e rassegnarti all'idea che le partite della vita sono truccate. Si perde sempre, Pagano, e i bilanci non possono che essere in rosso.»

«Questo l'ho imparato da un pezzo», replica con la voce tesa, dove raschiano rabbia e dispetto, ma senza ombra di sufficienza.

«E allora dovresti avere capito che non è con il passato che devi scendere a patti, ma con il futuro.»

Si guarda le mani abbandonate sul ripiano della scrivania, come aveva fatto poco prima, e negli occhi i pensieri si accavallano come onde di un mare in burrasca.

«Accettare la possibilità che tutto possa finire?»

«Forse», rispondo vincendo la resistenza di un groppo che mi sta crescendo in gola. «Non possiamo piegare gli eventi a misura della nostra volontà, nemmeno la nostra morte.»

«Rimane la libertà di farci fuori.»

«Sicuro», ripeto. «Oppure aspettare che lo faccia qualcun altro, come hai sempre fatto tu.»

«Sei stato a scuola di zen, Vasco?» domanda con una risata livida, sarcastica, che nasconde altro, forse un urlo o un gemito di animale braccato. «Impariamo a lasciare che le cose accadano, eh?»

«Resistere non serve a niente, Bacci.»

«Ma sì», replica con una risata feroce. «E che gli altri si fottano!»

Comincio a temere che non riuscirà a venire a capo del rebus in cui ha cacciato la sua esistenza e che il filo di questa indagine sia condannato a ingarbugliarsi sempre più. Una volontà distruttiva sembra animarlo, la stessa che ha sempre posto al servizio del suo lavoro e che ora sembra tessere le sue trame contro di lui. Una lucidità diabolica rivolta a farsi male, a procurarsi nuove ferite, a chiudere per sempre la possibilità di sciogliere i nodi del passato.

«Insomma», domando in preda a un senso di confusione che quasi mi soffoca, «si può sapere che cosa ti aspetti da Clara? Cosa dovrebbe fare ancora per sedare il tuo senso di colpa?»

Mi scruta di traverso, torna a massaggiarsi la barba, respira profondamente e alla fine sussurra in un impeto di sconforto: «Lo so che il passato non si cambia. Ma è tutto quello che lasciamo a coloro che rimangono».

«Temi che tra voi possa ergersi lo stesso muro?»

«Quale muro?»

«Quello che ha diviso i tuoi genitori.»

Evita di guardarmi e risponde quasi farfugliando: «Può darsi».

Allora decido di cambiare bruscamente argomento, perché c'è qualcosa in sospeso che possiamo chiarire subito, senza patemi.

«Aspetto ancora la tua risposta», dico mutando registro e passando a un tono leggero, quasi giullaresco.

«Che vuoi sapere?»

«Qual è stato il bluff di Almansi?»

8.
AMICI PER LA PELLE

Prese a svuotare il fornello della pipa nel posacenere con le braccia tese come se stesse strozzando un pollo.

«Quella maledetta notte, quando Adele piombò all'improvviso al Covo di Nord Est», attaccò senza guardarmi, la voce vagamente trasognata a inseguire la flebile traccia del ricordo, «Cesare chiese al suo amico Gianni Coiro di riaccompagnarla a casa, abbandonando la festa sul più bello.»

«Questo me lo hai già raccontato.»

«Il bluff sta qui, Vasco. Non poteva farlo senza fornire una spiegazione. Per quanto Coiro gli fosse...» Fece una pausa, alla ricerca della parola che rendesse esattamente quello che voleva esprimere: «...*devoto*, Cesare non poteva chiedergli di assumersi un compito così gravoso in assenza di una giustificazione».

«Dunque Coiro sapeva della loro relazione.»

«Gli ho parlato e mi sono fatto l'idea che sia tutt'altro che stupido. La sua è un'intelligenza primitiva, quasi animale, che muove dalla necessità di intuire le altrui intenzioni per sopravvivere, ma proprio per questo coglie i più sottili moti dell'animo.»

«Non starai insinuando che l'ha uccisa su commissione.»

Distolse lo sguardo dall'operazione che stava compiendo con meticolosità quasi chirurgica e, senza parlare, mi lanciò un'occhiata che fece sentire me lo stupido della situazione.

«Ho capito», sospirai. «Almansi è al di sopra di ogni sospetto.»

«Erano amici intimi e l'idea che tra loro sia trapelato qualcosa è tutt'altro che fantasiosa. Forse è vero che Cesare non gli ha mai confessato la sua relazione con Adele, né quanto fosse diventata pesante. E sono sicuro che non mente quando afferma di non avere fatto parola di quello che ha provato vedendo Katia abbracciata a un altro.»

«Ma sei altrettanto certo che Coiro avesse capito tutto.»

«Prova a immaginare la scena: nel vivo di una notte di bagordi arriva all'improvviso una sconosciuta e il tuo amico, senza neppure avvicinarla e parlare con lei, ti chiede di toglierlo d'impiccio e di convincerla a ritornare a casa. Tu che idea ti faresti? Senza contare che Coiro e Adele hanno percorso un tratto di strada insieme in automobile. Avranno pur parlato, si saranno detti qualcosa.»

In quei giorni, spulciando vecchi ritagli di giornale in cui compariva la foto di Adele Semeria, avevo cercato di immaginare che genere di ragazza fosse. A poco a poco nella mente aveva preso forma una giovane bella, ma alla cui bellezza mancava qualcosa. Fosse per via del sorriso incolore o per lo sguardo in cui non sfrigolava la follia dei vent'anni, quello che le mancava era la luce. Una ragazza chiusa, introversa e forse troppo precocemente educata ad assumersi responsabilità più grandi di lei. Sì, erano soprattutto gli occhi a rivelare il senso di essere sbagliata, fuori luogo, due grandi occhi spalancati sull'obiettivo privi della gioia e dello stupore che quell'età della vita regala ai più fortunati. A nulla valeva il suo fisico statuario – una foto scattata al mare la ritraeva in un succinto bikini mentre usciva dall'acqua, la pelle chiara grondante e una cascata di capelli ramati appiccicati al volto e alle spalle – né le efelidi cosparse sugli zigomi che colpivano la fantasia e a cui le sbiadite fotografie del giornale non rendevano giustizia.

Ma quelle immagini da sole bastavano a spiegare perché Bacci Pagano si era accanito a indagare sulla sua morte. Ora sapevo che c'era di mezzo un'altra donna, la sorella minore di Adele di cui Pagano doveva essersi innamorato. Ma l'idea che avesse indagato con tanto accanimento per amore non mi sembrava credibile. Quanto più entravo in intimità con il detective tanto più mi convincevo che la sua ostinazione nel cercare la verità era mossa da qualcosa di più profondo e complicato, una specie di legame affettivo con la vittima, anche se non l'aveva mai conosciuta. Forse la curiosità di restituirle una fisionomia e una storia, di farla uscire dall'anonimato a cui il tempo condanna coloro che ci lasciano per sempre. Il suo non era senso di giustizia, e neppure pietà, ma piuttosto cocciuta volontà di strappare all'oblio i connotati delle vittime e leggere il senso del loro destino. Forse la stessa volontà che, di fronte al rischio di morire sotto i ferri, non gli dava pace al pensiero degli amori che aveva attraversato nella vita.

E dagli accenni che aveva fatto a Gianni Coiro, definendolo «un infelice che non ha alcun rispetto per la propria persona», sospettavo che la medesima curiosità lo muovesse anche verso gli assassini. Quasi che scoprire le motivazioni per cui avevano ucciso fosse una necessità non per punirli, ma per salvarli, attribuendo al loro atto una decifrabilità che li riscattasse dalla futilità della sorte.

Perché se è stato il destino a farli incontrare, la vittima e l'assassino, non si può attribuire un senso all'esistenza dell'una senza farlo anche con quella dell'altro.

«Sai che ti dico, Pagano?» borbottai con l'aria di cambiare discorso, «quello che mi chiedi puzza di impossibile.»

Aveva ripulito accuratamente la pipa, usando uno scovolino che poi aveva gettato nel cestino, quindi ne aveva presa un'altra, l'aveva caricata e stava accendendo con uno dei suoi fiammiferi svedesi. A ogni tiro la fiamma si rintanava nel fornello per poi tornare a sollevarsi robusta, finche il tabacco non prese a crepitare.

«Sostieni che il senatore ha nuovamente mentito, ma escludi che porti responsabilità per quello che è accaduto trentatré anni fa. Hai parlato di verità che Almansi e lo stesso Coiro forse ignorano. Come pretendi che vada in carcere a parlare con l'assassino di Adele?»

«Forse è quello che si aspetta», rispose tirando lunghe boccate con gli occhi chiusi.

«Se è intelligente come dici, se il suo intuito è così pronto a captare le intenzioni degli altri, come potrò scucirgli qualche informazione utile?»

«Te l'ho detto», replicò serafico. «Sarà sufficiente che parli a mio nome.»

Ebbi un gesto di impazienza ed ero sul punto di spegnere il registratore, raccogliere le mie cose e andare via quando Pagano cambiò atteggiamento e si fece serio.

«Forse quello che spera è di essere capito», disse guardandomi fisso. «Durante il nostro incontro al ristorante ho avuto l'impressione di esserci riuscito. Se è successo una volta, il miracolo potrebbe ripetersi.»

«Io non mi chiamo Bacci Pagano.»

«Tu sei la persona più adatta per parlare con Coiro.»

«Se lo fossi, saprei almeno da dove cominciare.»

«Stamattina lo sapevi: chiedigli che cosa si sono detti lui e Adele prima che la ammazzasse.»

«E credi che risponderà?»

«Qualunque cosa faccia, ci aiuterà a capire cosa è successo quella notte.»

«Perché tu», dissi squadrandolo di traverso, «resti convinto che l'attentato contro di te sia collegato all'omicidio Semeria.»

«Anche Pertusiello lo è.»

«Quindi c'è di mezzo Gianni Coiro.»

«È probabile.»

«E allora, forza», lo incitai, tra lo scettico e il rassegnato. «Parlami di questo personaggio: dovrò pur avere un'idea dell'uomo che devo incontrare.»

«Per certi aspetti Coiro e io ci somigliamo», disse con lo sguardo lontano, continuando a tirare lunghe boccate di fumo. «Siamo entrambi figli di quello che un tempo, quando esistevano le classi, si chiamava proletariato, ma con una differenza: i miei genitori mi avevano insegnato a esserne fiero, mentre suo padre gli ha fatto vivere questa condizione come una vergogna.»

Mi scappò da ridere e commentai: «Quando esistevano le classi i poveri erano meno distanti dai ricchi di quanto accada oggi».

«Perché a sapere che le classi esistono erano entrambi, poveri e ricchi, mentre oggi ha vinto l'idea che le classi sono un armamentario ideologico superato, un'invenzione dei comunisti.»

«E i poveri si vergognano di esserlo, come Gianni Coiro.»

«In verità ora lui se la passa piuttosto bene, grazie alla sua attività di imprenditore colluso con la criminalità organizzata. Ma non è riuscito a liberarsi dal senso di inferiorità che lo perseguita da quando era bambino. Cesare mi ha raccontato che si sono conosciuti a Monterosso, dove gli Almansi possedevano una villa, quando entrambi portavano i calzoni corti. Gianni era ospitato da uno zio insieme ai suoi fratelli più grandi, tutti magri come chiodi e affamati come lupi. Non se la passavano bene. La madre era morta due giorni dopo averlo partorito, probabilmente per setticemia. Il padre era impiegato di basso livello in una piccola ditta edile e il suo stipendio bastava appena a sfamare i figli. Nonostante le ristrettezze economiche e le difficoltà familiari, gli insegnanti gli avevano magnificato l'intelligenza di Giovanni e lui ha voluto a tutti i costi che frequentasse il liceo scientifico e si iscrivesse alla facoltà di ingegneria. Una volta laureato, Gianni ha avviato una piccola ditta di costruzioni e ha assunto tutti i suoi fratelli.»

«Questo gli fa onore», replicai.

«Peccato che fin dall'inizio, spinto da un bisogno compulsivo di fare soldi, non abbia esitato a mettersi in affari poco puliti, incappando nelle maglie della giustizia. E indovina a chi si rivolgeva ogni volta per chiedere aiuto.»

«All'avvocato Almansi.»

«Che non riusciva a dire di no, almeno fino al momento in cui ha scoperto che intrallazzava con la mafia. A quel punto lo ha mollato e ha rotto i ponti con lui. I due non si sono parlati per quindici anni, finché Cesare ha scoperto che tra i finanziatori della sua campagna elettorale c'era l'amico di un tempo.»

«E cosa ha fatto?»

«Voleva restituire i centomila euro ricevuti da lui, ma quelli dello staff lo hanno dissuaso. Avevano bisogno di fondi e il costruttore non aveva chiesto favori né contropartite. Poi sono cominciate le telefonate notturne e le minacce di morte.»

«Spiegami perché diavolo Coiro voleva che Almansi si ritirasse dalla corsa.»

«Era quello che gli chiedevano i suoi padrini, primo fra tutti il boss Salvatore Morabito. Il progetto di legge sui rifiuti che il senatore intendeva presentare in parlamento dava molto fastidio alla 'ndrangheta.»

La stanza era nuovamente piena di fumo. Si erano fatte le sette di sera e Pagano sembrava stanco. Il volto era pallido e tirato e gli occhi arrossati sprigionavano una volontà che insieme spaventava e suscitava tenerezza. Mi domandai se non usasse la pipa per caricarsi e conservare lucidità ed energia. Gli proposi di sospendere e lui rispose con un'espressione di stupore.

«Guarda che bella luce», disse indicando la porta-finestra alle sue spalle. «Andiamo avanti ancora un po'.»

Non c'erano santi, l'ossessione di non avere abbastanza tempo non lo abbandonava mai.

«La cosa sorprendente», proseguì, «è che fino alla notte della festa per la sua elezione, quando l'ho incontrato all'osteria della Lanterna prima che mi sparassero, Cesare ha sempre sostenuto che Coiro è una vittima che subisce il ricatto della mafia. E sono convinto che, se oggi glielo avessi chiesto, avrebbe continuato a rispondermi così.»

«Sorprendente quanto il fatto che per trent'anni ha coperto un assassino.»

«Esattamente. E ora veniamo alla parte più interessante», confermò animandosi e sistemando la pipa spenta nel posacenere. «Almansi ha sempre decantato la profondità della loro amicizia. A essa ha attribuito il fatto di non aver voluto vedere quello che a me è apparso subito evidente: che Coiro era colpevole. Più volte gli ho fatto notare che questi, chiedendogli di difenderlo in tribunale per le sue malefatte, voleva farne un correo, sporcare l'aura di irreprensibilità che ha sempre fatto di Cesare un uomo onesto, un professionista fedele ai propri ideali.»

«Stai dicendo che l'avvocato non ha mai guardato in fondo a questa amicizia?»

«Lui è un vincente, la fortuna l'ha baciato il giorno stesso in cui è venuto al mondo. È cresciuto in un attico di trecento metri quadrati dal quale, nei giorni di tramontana, si vedono la Corsica e la Capraia. Fin da piccolo ha respirato l'aria di un cattolicesimo colto, non bigotto, figlio di una borghesia interclassista educata alla scuola di don Sturzo e Primo Mazzolari. Coiro no: lui è uno sfigato, un perdente. Tant'è che uno sta a palazzo Madama e l'altro nel carcere di Marassi. Cesare ha sempre avuto tutto: soldi, auto di lusso, successo, e l'ha avuto senza doversi mai sporcare né scendere a compromessi di cui doversi vergognare. Ha posseduto tutte le donne che ha voluto, ed erano le più belle, quelle che tutti desideravamo senza poterle avere. Coiro viene dalla miseria, doveva accontentarsi dell'elemosina dello zio per fare le vacanze al mare. E ha tentato in tutti i modi di trascinare l'amico nel fango, per dimostrargli che, in fondo, non era diverso da lui. Le minacce di morte al telefono, oltre che servire gli interessi della mafia, miravano anche a questo: se Almansi si fosse ritirato avrebbe dato prova di essere un vigliacco. Anche i soldi versati sul fondo elettorale avevano un doppio significato: mettere sul seggio del senato l'ipoteca della 'ndrangheta, ma anche dimostrare che il cavaliere senza macchia e senza paura era corruttibile e non rifiutava grosse somme da un amico al quale aveva tolto il saluto da quindici anni.»

«Un amico», commentai, «dal quale avrebbe fatto bene a guardarsi.»

«Eppure», replicò sempre più infervorato, «quando gli ho riferito che Cesare lo ha sempre giudicato una persona buona, incapace di fare del male, e che riteneva i suoi guai giudiziari frutto di superficialità piuttosto che di malafede, si è esaltato e gli sono spuntati i lucciconi.»

«Come a un bambino.»

Socchiuse gli occhi e trasse un lungo respiro che esprimeva soddisfazione e insieme annunciava che il nostro incontro stava per finire.

«Questo è Gianni Coiro, l'assassino di Adele Semeria», disse. «Pensi di avere materiale sufficiente per fargli le domande giuste?»

Stavo per chiedergli cosa intendesse affermando che per certi versi lui e Coiro si assomigliavano, ma mi trattenni. L'argomento suonava impegnativo e Pagano aveva lavorato tutto il giorno. Era tempo di lasciarlo riposare. Il respiro si era fatto faticoso e nei movimenti delle spalle e del pomo di Adamo si coglieva un leggero affanno. Anche l'espressione del viso rivelava uno stato di malessere fisico che lui cercava di nascondere.

«Qualcosa non va?» domandai.

«Sta riprendendo il dolore. Dovrò assumere la mia dose di veleno.»

Mi scrutava con quegli occhi scuri e profondi, in attesa d'una risposta. Ero sul punto di dirgli che ne sapevo abbastanza per non fare una brutta figura, quando fu lui a parlare, quasi mi avesse letto nel pensiero.

«Scommetto che ti stai chiedendo cosa ho in comune con lui», affermò con una faccia quasi divertita.

Non potei evitare di confermare, anche se mi sarei morsicato la lingua, maledicendo la mia curiosità. Provai anche a metterci una pezza dicendo: «Si è fatto tardi, ne riparliamo domani».

Ma sapevo che il guaio era fatto.

«Te l'ho detto», attaccò, come se non avesse sentito. «Bisogna essere stati in galera per capire certe cose. Quando finisci in gabbia non ti tolgono solo i vestiti e le scarpe. Ti tolgono tutto, a cominciare dalla dignità. Anche se sei innocente, e perfino se ti hanno incarcerato per i tuoi ideali, dopo qualche tempo cominci a sentirti un rifiuto umano. La ristrettezza degli spazi, l'ora d'aria, i ritmi scanditi dai chiavistelli che aprono e chiudono le porte sono solo il contorno, lo scenario su cui si svolge il dramma, quello vero: il tuo tempo si ferma, le lancette dell'orologio cominciano a girare a vuoto e la vita non ti appartiene più. Potrai riempire quel tempo – come ho fatto io – leggendo un libro dopo l'altro e arrivare a conseguire una laurea, ma sarà sempre una finzione. Finché stai chiuso là dentro, il tuo destino è nelle mani di altri.»

«Non capisco cosa c'entri tutto questo con Coiro.»

«Deve essersi sempre sentito così: chiuso in una prigione. Indegno di vivere una vita decente. Feccia.»

«Intendi dopo avere ucciso Adele?» azzardai.

«Al contrario», rispose agitando l'indice nell'aria. «Non l'avrebbe uccisa se si fosse sentito diversamente. L'omicidio è sempre un punto di arrivo, per commetterlo bisogna avere perduto l'innocenza.»

«Si può uccidere anche per necessità...»

«Sì, è quello che accade in guerra. A me qualche volta è successo, ho sparato perché non avevo scelta. Quando ho ammazzato il milionario americano Rudolph Mayer...»

«Il trafficante d'armi responsabile della morte dei giovani arabi massacrati in Canneto il Curto, la notte in cui Barack Obama fu eletto presidente?»

«Proprio lui, anche se non è stato Mayer a dare l'ordine, ma un uomo della CIA che consideravo mio amico.»

«Ma a tirare le fila di quell'operazione c'era Mayer...»

«Sì, c'era Mayer. E ucciderlo è stato il solo modo per fermare la sua macchina infernale.»

«A quanto pare gli amici sono pericolosi», commentai infilando penna e taccuino nella cartella.

«Sì», confermò. «Specie quelli per la pelle.»

Sorrisi, un sorriso appena percettibile che Pagano colse al volo.

«Che hai da ridere?» domandò.

Scossi la testa – io non avevo gabbie che mi imbragavano ed ero libero di farlo – e risposi: «Stavo pensando che nei miei libri ho raccontato decine di omicidi, ma non so un cazzo di come ci si sente quando si uccide un uomo».

Il detective sorrise a sua volta e inarcò le sopracciglia, guardandomi di sottecchi. Mi puntò la mano contro, il pollice alzato e l'indice teso come fosse una pistola.

«Uno schifo», concluse. «Ecco come ci si sente.»

Quindi estrasse dal cassetto una scatola di pillole e ne ingoiò due senza bere un sorso d'acqua.

9.
COIRO

Via via che procedevo, accompagnato da un agente, verso la stanza dove mi aspettava Gianni Coiro, il clangore dei cancelli che si chiudevano uno dopo l'altro alle mie spalle mi richiamò alla mente le parole di Pagano su come ci si sente in prigione. A ogni nuova porta che si serrava avevo l'impressione che mi stessero spogliando di tutto, anche se non mi avevano tolto né vestiti né scarpe e si erano limitati a chiedermi gentilmente di depositare in uno stipetto la cartella di cuoio e il cellulare, lasciandomi in custodia la chiave.

I buoni uffici del commissario Pertusiello avevano sortito un effetto immediato e il permesso di visitare il detenuto era arrivato in capo a tre giorni. Era venerdì e la pioggia della notte aveva ripulito le carrozzerie blu delle auto e dei furgoni della polizia penitenziaria posteggiati sul piazzale antistante la casa circondariale di Marassi. Si era alzata una brezza di tramontana e squarci luminosi di sereno si allargavano nella massa caliginosa delle nuvole. L'aria si era fatta fresca e pulita e dalla riva che affacciava sul Bisagno saliva un profumo di erba tagliata.

Sapevo che l'intervento del capo della omicidi, per quanto influente, mi aveva munito di lasciapassare e assicurato sorrisi e rispetto delle guardie, ma anche che non sarebbe bastato a portare a termine l'incarico che Pagano mi aveva affidato. Senza l'assenso del detenuto tutto sarebbe stato inutile. Invece il detective aveva visto giusto, perché non solo Coiro aveva accettato di parlare con lo scrittore inviato dall'uomo che lo aveva incastrato, ma aveva fatto di più. Aveva chiesto che il colloquio si svolgesse senza la presenza del suo avvocato.

La stanza era piccola e priva di finestre. La luce asettica di una lampada al neon appesa al soffitto colava sul bianco sporco dell'intonaco, mettendone in evidenza crepe e scrostature. L'arredamento si limitava a un tavolo di legno e quattro sedie di plastica e trasmetteva un senso di desolazione e squallore. La direzione del carcere aveva provveduto a rifornirci di una bottiglia di acqua minerale e due bicchieri, ovviamente di plastica, e prima di lasciarmi solo con il detenuto la guardia domandò se gradivamo un caffè. Entrambi declinammo l'offerta e la porta si richiuse con nuovo rumore di ferraglia.

Giovanni Coiro mi aspettava seduto al tavolo, dirimpetto alla porta, le braccia conserte appoggiate al ripiano. Era un omone grosso e grasso, con un faccione mansueto, occhi sporgenti e inespressivi e una corporatura che la prigione doveva aver reso ancor più flaccida e molle. Indossava una camicia bianca con le maniche ripiegate e blue jeans privi di cintura. Ai piedi portava un paio di zoccoli e calzini scuri.

Mi scrutava con curiosità e mi dette subito l'impressione di avere atteso quella visita con trepidazione. La conferma arrivò quando mi avvicinai e gli strinsi la mano. Era fredda e sudata e tutto il suo aspetto rivelava uno stato di irrequietezza – o forse d'ansia – che né la mole corpulenta né l'ombra di sorriso che gli aleggiava sul volto riuscivano a dissimulare.

«Buongiorno, ingegnere», mi presentai. «Gian Claudio Vasco.»

«Gianni Coiro», rispose.

Mi accomodai di fronte a lui e guardai intorno per accertarmi che non ci fossero telecamere. Pagano si era raccomandato con Pertusiello affinché la conversazione non fosse registrata e il magistrato aveva acconsentito. Se Coiro non aveva voluto la presenza del suo avvocato significava che cercava un colloquio riservato e sarebbe stato stupido lasciarsi sfuggire l'occasione.

Rimanemmo in silenzio, studiandoci come se ciascuno

cercasse di strappare all'interlocutore il segreto per cui uno aveva richiesto l'incontro e l'altro aveva accettato di parteciparvi.

Alla fine mi decisi a parlare e dissi: «Il dottor Pagano ha voluto fortemente questo appuntamento e, non potendo venire di persona, ha mandato me».

«Lo so», rispose. «Il direttore mi ha spiegato ogni cosa.»

«Dunque sa anche che il mio ruolo è quello di un *alter ego.*»

Corrugò le sopracciglia e aspettò che continuassi.

«Faccia conto che seduto a questo tavolo ci sia lui, il detective Pagano.»

Sorrise poco convinto. «Ci proverò», disse. «Ma non sarà facile. Non vi assomigliate neanche un po'.»

A quella battuta la tensione che era nell'aria si attenuò, anche se subito aggiunse: «Spero che questa volta sia venuto senza trucchi».

«Trucchi?»

«Registratori nascosti, telecamere in miniatura e altre diavolerie.»

«Ha chiesto espressamente la massima riservatezza.»

Gli sfuggì una risata di scherno. «Riservatezza? A quanto mi risulta state scrivendo un romanzo insieme.»

«È vero, un romanzo che racconta l'ultima indagine che Pagano sta conducendo, quella sull'attentato che potrebbe costargli la vita. Lo attende un intervento chirurgico che ha il trenta per cento di probabilità di riuscita.»

«E perché ha chiesto di parlare con me?»

«È convinto che lei possa fornirgli elementi utili a trovare i responsabili.»

«Ho già parlato con la polizia e il pubblico ministero. Che cosa potrei aggiungere? Non ho la minima idea di chi gli abbia sparato.»

«A lui interessa sapere qualcosa di più sull'omicidio di Adele Semeria.»

«Anche su questo...»

«Lo sappiamo», lo interruppi, «anche su questo ha rilasciato la sua deposizione. Ma sa come si dice, il diavolo si annida nei dettagli. E Pagano è curioso di conoscere certi particolari su quella notte.»

Svitò il tappo della bottiglia e chiese se volevo bere. Annuii. Versò l'acqua fino a riempire i due bicchieri e senza guardarmi disse: «Coraggio, cominci a domandare. Siamo qui apposta, no?».

«Prima della notte in cui la uccise», chiesi mentre sorseggiava la sua acqua, «il suo amico Almansi le aveva mai parlato di Adele?»

«No», rispose secco, «non sapevo nemmeno che esistesse.»

«Ma quando le chiese di riaccompagnarla a casa si sarà domandato chi fosse e cosa ci facesse lì.»

Rispose guardandomi come se non mi vedesse, concentrato su qualche ricordo remoto, e tornò a sorridere. «Cesare era circondato da donne che lo idolatravano. Era un leader nato, una figura carismatica. Tutti coloro che entravano in contatto con lui restavano come stregati dal suo fascino e dalla sua parlantina. Ho immaginato che Adele fosse una delle tante.»

«Cosa le disse esattamente, con quali parole glielo chiese?»

«È passato tanto tempo...» borbottò scrollando le spalle. «Forse che teneva molto a quella ragazza e che non voleva farsi vedere in quello stato. Aveva bevuto e tirato hashish per tutta la sera. Mi disse che se gli avessi fatto il favore di accompagnarla a casa me ne sarebbe stato grato per il resto della vita.» Scosse il capo e contrasse le labbra in un'espressione di disgusto. «Peccato che non abbia mantenuto la promessa e per quindici anni mi abbia trattato come se non esistessi, togliendomi perfino il saluto. Ma questa è un'altra storia.»

«E lei?»

«Io cosa?»

«Che idea si è fatto del loro rapporto?»

Recuperò, come fosse una maschera, un sorriso di circostanza, vacuo e sbiadito. Rispose con un tono monocorde, quasi che tutto gli fosse indifferente. «Io ero più ubriaco di lui e credo che non fossi in condizione di farmi delle idee... Ricordo di avere visto nei suoi occhi una specie di panico e ho fatto quello che mi ha chiesto. Eravamo amici da anni e tra amici non si fanno domande, a meno che...»

Si zittì, sempre più sprofondato nei suoi pensieri, e riprese a sorseggiare l'acqua.

«A meno che?»

«Qualcuno ti chieda di aiutarlo a fare chiarezza in una situazione difficile, allora domandi per provare a capire. Ma non era quello il caso. Cesare era preoccupato...» Si bloccò di nuovo e corresse: «No, di più: era spaventato, e la sola urgenza che aveva era che portassi via la ragazza. I due non si avvicinarono neppure l'uno all'altra. Anche lei era in piena confusione. Aveva bevuto un cocktail e non era abituata all'alcol. Si era pentita di essere venuta senza avvisarlo e si vergognava della propria stupida gelosia».

«Così siete montati in macchina e siete partiti. Guidava Adele?»

«Certo che guidava Adele. Io a malapena mi reggevo in piedi. E poi l'automobile era la sua. Anzi, di sua madre.»

«Immagino che in auto abbiate parlato di qualcosa...»

«E chi si ricorda? Era un tipo taciturno, ricordo solo che inforcò gli occhiali e che guidava fissando la strada appesa al volante, come una principiante.»

«Però le disse di vergognarsi della propria gelosia. Che altro le disse?»

«Qualcosa del tipo: ora non vorrà più vedermi, sono stata una cretina a venire, cose così.»

«Non disse che lo amava?»

«Non mi pare...»

«E che temeva d'essere diventata un peso per lui?»

«Questo no, me lo ricorderei.»

«Invece era così», dissi deciso, senza sapere dove andassi a parare. «Immagino non abbia neppure confessato che avevano una relazione che durava da quindici mesi.»

«Non ha confessato un bel niente. Guidava e taceva. Però aveva un'aria disperata, affranta...»

«E come l'ha convinta a svoltare sulla strada per San Rocco? Scommetto che ha usato l'argomento della gelosia.»

«Gliel'ho appena detto, ero ubriaco e strinato dal fumo,

e avevo vent'anni. Adele era bella e quella sera indossava un vestitino corto e leggero: al solo vederla mi è venuta voglia di saltarle addosso.»

«Anche se il suo amico la aveva avvertita che teneva molto a lei?»

«Ho pensato che fosse innamorata di lui – una delle tante – ma non sapevo che avessero una relazione.»

Le sue mani tozze e paffute avevano preso a muoversi nervosamente sul ripiano del tavolo. Ogni tanto le congiungeva e stringeva, quasi a trattenere un'emozione, o una parola di troppo, che saliva da chissà dove.

In quel momento capii. Coiro stava replicando i verbali degli interrogatori resi al pubblico ministero, di cui Pagano era a conoscenza grazie al suo amico Pertusiello. Niente di nuovo, insomma. Ma allora perché aveva accettato di incontrarmi? E per giunta senza il suo avvocato?

Un desolante senso di inettitudine si impadronì di me. A che mi era valso scrivere tanti romanzi se, al primo confronto con la realtà, mi trovavo sperduto e incapace di reggere il gioco di un assassino vero? Mi dissi che aveva ragione Dürrenmatt – e con lui Pagano – a sostenere che le indagini reali sono tutt'altra cosa rispetto a quelle di cartapesta dei nostri romanzi. La finzione sarà buona per intrattenere il pubblico, ma ha poco a che fare con la fatica, la frustrazione e l'incertezza delle inchieste dove i morti non sono funzioni narrative ma corpi in putrefazione e gli assassini individui certificati dall'anagrafe e non antagonisti. Come avrei voluto averlo al mio fianco, il detective in carne e ossa del quale non ero che il pallido *alter ego*! Lui sì che avrebbe trovato gli argomenti giusti per estorcere a quel figlio di puttana il suo segreto.

E tuttavia mio padre mi aveva insegnato che, se vuoi fare bene una cosa, non devi mai pensare che qualcun altro al tuo posto la farebbe meglio di te. Quella lezione non racchiudeva un invito a sopravvalutarsi e sminuire le capacità altrui, ma piuttosto un richiamo ad affrontare le situazioni difficili assumendosi la responsabilità in prima persona, senza piangersi addosso. Arriva, prima o poi, un'età della vita in cui si smette di essere bambini.

«D'accordo, signor Coiro», attaccai, «adesso mi racconterà che siete scesi dall'auto, lei ha proposto a Adele di fare l'amore, la giovane con tatto e delicatezza ha declinato l'offerta e lei si è sentito umiliato, è stato colto da un raptus e l'ha colpita tre volte sul cranio con una pietra.»

Sul suo faccione bovino si andava componendo un'espressione di sconcerto.

«La prego, non lo faccia», proseguii. «Sono cose che so già.»

Mi osservava muto e perplesso, con un'aria interrogativa che lo faceva somigliare a uno di quegli animali selvatici – un cinghiale, o un pingue e timido erbivoro – che capita talvolta di incontrare nei boschi. Per qualche attimo, prima di fuggire e dileguarsi, restano come ipnotizzati e ti guardano tra impauriti e curiosi.

«Mi dica piuttosto perché ha accettato di incontrarmi senza il suo avvocato.»

Continuava a tacere e anche le mani avevano cessato di muoversi. Giacevano sul tavolo come cadaveri, aperte e con il palmo rivolto all'insù.

«In galera soffriva di solitudine, aveva bisogno di parlare con qualcuno o cosa?»

Un ghigno cattivo gli sfrigolò negli occhi e tra i denti. «Siete stati voi», replicò, «a chiedere di vedermi. Io sono una persona educata, signor Vasco.»

«Dunque non rimane che salutarci», dichiarai. «Non voglio farle perdere altro tempo.»

Si aprì a un riso acido che, tuttavia, racchiudeva una nota malinconica. «Il tempo è la sola cosa che avanza, quando si sta chiusi qui dentro.»

«Il detective Pagano non la vede così», risposi. «Anche se, come lei, è rinchiuso in una specie di prigione, il rischio di morire lo porta a centellinare le ore come preziose gocce di vita.»

«Mi dispiace per lui», replicò con voce incolore. «Anche se me l'ha fatta grossa, non gliene voglio. Quella sera, al ristorante di sushi, abbiamo parlato e sono sicuro che non mi avrebbe mai denunciato. È stato Cesare a decidere di rivolgersi alla procura. È così che lui intende l'amicizia.»

Nelle sue parole non c'era più traccia di amarezza, ma solo un immenso, irrimediabile sconforto che rasentava la rassegnazione.

«Pagano», aggiunse, «ha fatto solo il suo dovere e ha rischiato la pelle per amicizia.»

«E lei come lo sa?»

Si strinse nelle spalle. «Sono dentro questa storia fino al collo e leggo i giornali.»

«I giornali non hanno riportato nulla riguardo al contratto fra Almansi e Pagano...»

«Non era ai soldi che alludevo, ma al fatto che ha continuato a lavorare per il suo amico anche quando ha scoperto che questi lo aveva ingannato. Cesare è un maestro nel fregare le persone che gli vogliono bene: Pagano e io abbiamo subito la stessa sorte.»

«In che senso?»

«Ma che razza di romanzo state scrivendo?» domandò con un gesto di insofferenza. «Il suo detective non le ha spiegato che Cesare lo ha tirato in ballo mentendo sia a me sia a lui? Gli ha chiesto di scoprire chi lo minacciava al telefono, quando sapeva benissimo che l'autore delle telefonate ero io. A me ha lasciato credere che il suo compagno di liceo mi avesse visto uscire dal Covo con la ragazza, e anche questo era falso perché Pagano neppure la conosceva, Adele Semeria.»

Rimasi in silenzio, sforzandomi di pensare. Quanto mi stava dicendo era risaputo, ma ascoltando le parole di Coiro ebbi la netta impressione che qualcosa non quadrasse.

«Mi tolga una curiosità», replicai. «Dopo la morte di Adele, lei e Almansi avete continuato a frequentarvi regolarmente?»

«Certo», rispose con una sfumatura tronfia nella voce. «Per quasi vent'anni, fino al giorno in cui capitò un incidente...»

«Almansi credette alla sua innocenza», lo interruppi, «al punto di nascondere agli inquirenti la verità.»

«La morte della ragazza non aveva cambiato i nostri rapporti.»

«Oh, certo: come se non fosse successo niente.»

«Lui era sconvolto...»

«...ma si è guardato bene dall'informarla che Pagano non ha mai conosciuto Adele Semeria.»

«E allora?»

«Ha scommesso sulla sua innocenza, ma non si fidava di lei.»

Strinse i pugni e avvampò, colto da un impeto di collera che riuscì a frenare a stento. Alzò la voce e disse: «Che importa se si fidasse o no?».

«Si è mai chiesto perché non l'abbia denunciata?»

«Che idiozia!» replicò con un tono dove tornavano a sentirsi futilità e vuoto. «Perché allora eravamo amici e, fra l'amicizia e la sua moralità del cazzo, ha scelto di tutelare il suo amico. Esattamente il contrario di quanto è accaduto qualche mese fa, quando ha deciso che la sua immagine immacolata veniva prima di tutto, a costo di mandarmi in galera per un delitto consumato quando eravamo ragazzi.»

Chinò la testa e prese a torcersi le mani, chiuso in un silenzio cupo che mi parve durare un'eternità. Quindi si scosse e domandò: «E poi, perché avrebbe dovuto informarmi?».

«Perché lei glielo aveva chiesto.»

«Come fa a dirlo?»

«Per lei era una questione di vitale importanza: se Pagano avesse conosciuto la ragazza e vi avesse visti uscire insieme, avrebbe potuto denunciarla.»

«Cesare è stato vago», riprese assumendo un'aria ambigua e untuosa che mi fece sperare che tornasse a sbottare. «Mi ha spiegato che non avevo niente da temere: il suo amico era appena uscito di prigione dopo un processo per terrorismo e anche a lui conveniva che non si sapesse che era là.»

«E quando ha smesso di essere vago?»

«Quando?» ripeté con un ghigno di sfida. «Al telefono, dopo la candidatura al senato: l'ho chiamato alle tre del mattino e, contraffacendo la voce, l'ho minacciato di morte.

Gli ho ingiunto di rinunciare e lui si è infuriato, ha preso a insultarmi facendo il mio nome e cognome e, per intimidirmi, ha detto di avere ingaggiato il detective. È stato allora che mi ha comunicato che Pagano aveva buona memoria e ricordava tutto di quella notte.»

«Ha precisato che Pagano conosceva Adele?»

«Naturalmente.»

«E, altrettanto naturalmente, lei non gli ha creduto.»

Rimase interdetto, non si aspettava tanta sicurezza. Allora, come succede in questi casi, si spinse a chiedermi di girare le carte.

«Perché non avrei dovuto credergli?» domandò scrollando appena le spalle.

Questa volta fui io a sorridere. Le mie carte erano migliori delle sue.

«Perché, prima di ammazzarla, aveva parlato con Adele.»

Esplose in una risata tanto enfatica quanto fasulla. «Questa poi! E cosa mi avrebbe detto...?»

«...che non aveva mai sentito nominare Bacci Pagano. O forse sì, Cesare gliene aveva parlato, per informarla che al Covo di Nord Est quella sera si festeggiava la sua assoluzione. Ma la loro conoscenza finiva qui.»

Allungò il braccio e tornò a versarsi dell'acqua. Non chiese se ne volevo. Portò il bicchiere alla bocca e mi accorsi che la mano tremava leggermente. Mi squadrò con sufficienza mista a rabbia e trasse un respiro profondo, forse per calmarsi e riprendere il controllo della situazione.

«Non capisco dove vuole arrivare», disse.

«Comincio a pensare che le cose non siano andate come vengono raccontate.»

«Quali cose?»

«La foia erotica, il rifiuto di Adele, il raptus omicida...»

«E come sarebbero andate?»

«Non so», ammisi. «Ma è una storia che non convince. È stato Pagano a formularla per primo, e tutti l'hanno presa per oro colato. Anche lei l'ha confermata nelle sue deposizioni – del resto, sul piano giudiziario, era la più vantaggiosa – ma ora il mio *alter ego* sembra non crederci più.»

Si sforzò di tornare a sorridere senza riuscirci. Ne uscì una smorfia sbilenca, che dipinse sulla sua faccia un'espressione dove si mescolavano confusione, solitudine e un vacuo senso di fallimento.

«Vuole sapere la verità?» disse cercando il mio sguardo.

Annuii e incrociai i suoi occhi.

«Non me ne importa più niente. La mia storia finisce qui e non ho bisogno di nessun avvocato.»

In quegli occhi scialbi e spenti, che comunicavano una totale resa alla vita, colsi per la prima volta un accenno di sincerità. E compresi quanto avesse ragione il detective quando affermava che Coiro era un perdente, un infelice che non aveva nessuna considerazione di sé stesso. Un pallido satellite che orbitava a vuoto intorno alla fulgida stella del suo amico d'infanzia.

«Però sa cosa le dico, signor Vasco?» ringhiò ostentando un disprezzo che probabilmente non provava. «Se Pagano vorrà parlarmi, la prossima volta dovrà venire di persona. Non mi accontenterò di una fotocopia.»

«Glielo riferirò», risposi.

«E gli dica un'altra cosa.»

Rimasi in silenzio, in attesa che continuasse, cominciando a sorseggiare l'acqua che mi aveva versato. Ma lui non si decideva a parlare e continuava a fissarmi, la mente lontana, le labbra socchiuse e le mani abbandonate sul ripiano di legno.

«La ascolto», lo incalzai.

Scosse il suo testone bovino e, distogliendo lo sguardo, farfugliò: «Gli dica che mi dispiace e che spero che se la cavi».

«Sarà fatto, ingegnere», dissi prima di alzarmi e lasciarlo solo nella stanza.

Soltanto allora mi accorsi che per tutto il tempo avevo stretto nella mano sinistra la chiave dello stipetto dove giacevano la mia borsa e il telefono cellulare.

10.
PERTUSIELLO

«Non è stato un raptus», sentenziò Bacci Pagano. «Aveva già deciso di ammazzarla.»

Nel tono vibrava la soddisfazione di chi trova conferma a un'idea che covava da tempo.

«*Già* quando?»

«Non lo sapremo mai, Vasco. Forse quando è salito sulla sua macchina, forse prima.»

«Quanto tempo *prima*?»

«Giorni, mesi... chissà. Non lo sapremo mai.»

«Eppure continua a ripetere che ignorava l'esistenza di Adele.»

«Mente», ribatté convinto. «Cesare può non avergliene parlato, ma sapeva tutto.»

«*Tutto* cosa?»

«Che avevano una relazione e che il suo amico si era stancato di lei.»

«Non vedo su quali basi fondi la tua convinzione.»

«Il tuo interrogatorio, amico mio. Sei stato abile, ti faccio i miei complimenti.»

«Diciamo che ho cercato di fare al meglio la mia parte», mi schermii. «O forse dovrei dire la tua?»

«Hai fatto tutto giusto, senza sbagliare una nota.»

Non l'avevo mai visto così entusiasta. Quel pomeriggio sembrava avere accantonato la lugubre cappa di ricordi e pensieri che gli gravava addosso e il suo umore si era sintonizzato con l'aria frizzante che dal balcone inondava il soggiorno. Un angolo di cielo azzurro faceva capolino dal riquadro della porta-finestra. Le pietre grigie dell'antico convento delle suore benedettine, sede della facoltà di architettura, brillavano al sole come spugne gonfie di salsedine.

Pagano si aggirava per il soggiorno con passi cauti ma decisi e anche l'ingabbiatura ortopedica sembrava non disturbarlo più di tanto. Quando l'avevo raggiunto, intorno alle due del pomeriggio, Aglaja stava uscendo per andare al mare. Si era data appuntamento con Essam, il giovane figlio della colf nubiana, e per un giorno aveva deciso di lasciare la filologia romanza al suo destino. Quando era già sul ballatoio – indossava jeans tagliati al ginocchio e una maglietta bianca e sulla spalla reggeva una voluminosa borsa di paglia – prima che richiudesse la porta Pagano l'aveva richiamata indietro.

«Dimmi, pa'», aveva chiesto impaziente.

«Attenta, figlia mia», aveva ghignato lui. «Per una donna occidentale mettersi con un musulmano non è un buon affare.»

Lei lo aveva mandato allegramente al diavolo, domandando se il colpo che gli avevano sparato non lo avesse rimbecillito.

«Non starai diventando razzista?» aveva aggiunto. «Fammelo sapere, perché in questo caso torno da mamma.»

E si era dileguata senza aspettare che replicasse.

«Conosco Essam da quando era bambino», disse il detective appena restammo soli, «e non mi dispiacerebbe se si mettessero insieme. Credo anzi che sia un po' innamorato di lei. Il fatto è che mia figlia lo considera un amico, e così tutti gli altri, e non sembra interessata a loro in quanto uomini.»

«Perciò l'hai messa in guardia? Speri di ottenere l'effetto opposto?»

«Le tento tutte», rispose con uno dei suoi sorrisi insolenti che tanto dovevano piacere alle donne e che, dopo l'attentato, erano diventati così rari. «Non sono preoccupato, ma l'idea di avere una figlia suora non mi va giù.»

«E se le piacessero le ragazze?» azzardai.

«Ci ho pensato», rispose tranquillo, come se l'argomento non lo turbasse e non stessimo parlando di sua figlia. «In effetti da bambina era un maschiaccio. Non c'era giorno che non tornasse a casa con qualche livido per aver fatto a botte.»

«Si picchiava con i maschi?»

«Maschi e femmine, ogni occasione era buona per menare le mani. La chiamavano "lo scugnizzo di via del Colle".»

Andò al frigorifero ed estrasse dal freezer una bottiglia di vodka ghiacciata.

«Che ne dici di farci un bicchierino?» disse. «L'ho messa in ghiaccio per Totò Pertusiello, fra poco sarà qui.»

«D'accordo», risposi, «ma lascia fare a me.»

Mentre sistemavo i bicchieri sul tavolo e versavo dalla bottiglia il liquido denso e trasparente, riprese il discorso.

«Se devo essere sincero, da principio non ero entusiasta, ma a poco a poco mi ci sono abituato. L'idea di avere una figlia lesbica non è poi così terribile. Il problema siamo noi: non riesco a immaginare con quali parole lo direbbe a sua madre.»

«E a te?»

«Con me sarebbe più facile», disse. «E non perché sia più aperto di Clara – la mia ex moglie è una donna di larghe vedute – ma perché temo che in certe situazioni lo scoglio grosso sia la madre.»

In quel momento il citofono suonò.

Dopo i saluti e le presentazioni di rito, il commissario capo della sezione omicidi andò ad accomodarsi sul sofà e la sua mole si impadronì sovrana del soggiorno. Era un gigante di centotrentacinque chili, con la pelle scura e il cranio lucido contornato da una fine corona di capelli brizzolati che un tempo dovevano essere stati neri come la pece. Indossava un completo chiaro piuttosto stazzonato e una camicia bianca di lino. Afferrò il bicchiere e prese a osservare Pagano con un'aria strana, tra la sollecitudine affettuosa dell'amico e l'occhio clinico del medico che studia il paziente.

«Ti trovo bene», disse compiaciuto. «Si vede che scrivere romanzi ti giova.»

«Stamattina Vasco ha parlato con Coiro», attaccò subito Pagano.

«Lo so», rispose il commissario. «Perché credi che sia venuto?»

«Pensavo che ti preoccupassi della mia salute.»

«A quello ci pensa già un mucchio di gente. Io sono qui per lavorare.»

«Il materiale non manca: Coiro ha raccontato molte cose interessanti, e quelle che ha taciuto sono ancora più interessanti. Tanto per cominciare ha implicitamente confermato che conosceva Adele Semeria.»

«Questo non è vero», lo interruppi. «Anzi, ha ripetuto che non sapeva nemmeno della sua esistenza.»

«Cominciamo bene», sbuffò il commissario.

«La sola cosa che ha lasciato intendere, sia pure a malincuore», proseguii, «è che in auto ha fatto parlare Adele e ha appreso da lei che non conosceva Pagano.»

Pertusiello lanciò all'amico un'occhiata stupita e gli sfuggì un sorriso storto, quasi indignato.

«Per cui il bluff di Almansi», brontolò, «che ti ha assunto per tenere lontano Coiro dalla campagna elettorale, è stato inutile. Hai capito, guaglio'? Ti sei beccato due pallottole gratis e senza scopo.»

«Aspetta, Totò», lo fermò Pagano. «Restiamo su quello che è successo quella notte. Il resoconto di Vasco è stato molto preciso e forse getta luce sul perché in tutti questi anni Almansi ha nascosto la verità.»

«Per amicizia», intervenni. «Non avete idea di quanto Coiro vada fiero del fatto che il suo amico abbia messo a repentaglio la propria integrità per tutelarlo.»

«Ce l'abbiamo, eccome», ribatté Pagano.

Pertusiello stava sorseggiando la vodka e il piacere gli dipingeva sul volto un'espressione di beatitudine. Improvvisamente si arrestò e guardandomi di traverso domandò: «Intende dire che il senatore sapeva che Coiro era un assassino e non lo ha denunciato?».

«Avrà anche creduto alla sua innocenza», disse Pagano. «Ma perché nascondergli il fatto che io non conoscevo Adele?»

«Già, perché?» fece eco il commissario.

«Lui afferma che Cesare si è tenuto sul vago, lasciandogli il dubbio che la conoscessi. Si tratta di un particolare non trascurabile: il giorno successivo all'omicidio, quando Cesare è corso a casa sua per fargli sputare la verità, Coiro gli ha fatto un piccolo test. Ha finto di essere preoccupato per quello che avrei potuto riferire agli inquirenti, quando sapeva benissimo che non avevo niente da riferire. A lui interessava capire se il suo amico si fidava di lui.»

«E ha scoperto che non si fidava del tutto», aggiunsi.

«Il che potrebbe avere determinato un'incrinatura nel loro rapporto...» azzardò il commissario.

«Infatti, da lì in poi il giovane Coiro ha fatto di tutto per mettere alla prova la fedeltà di Cesare: si è cacciato nei pasticci più astrusi chiedendogli poi di difenderlo in tribunale. E questi lo ha sempre difeso, almeno fino al momento dell'incidente alla bambina.»

«Quale incidente?» domandai rivolto a Pagano. «Credevo che i loro rapporti si fossero guastati quando Almansi ha scoperto i suoi legami con la mafia.»

«Aveva partecipato alla costruzione di alcune case popolari alla periferia di Roma. Erano implicate altre ditte colluse con le 'ndrine. Sono stati usati materiali scadenti e un soffitto è crollato, colpendo alla testa una bambina che poi, per fortuna, si è salvata. Coiro ha chiesto ad Almansi di difenderlo in tribunale, ma questi si è rifiutato e ha rotto con lui. Per quindici anni non si sono parlati. Tuttavia ha continuato a credere che il suo amico fosse stato coinvolto inconsapevolmente, che fosse una vittima dei ricatti mafiosi.»

«Torniamo a bomba», intervenne Pertusiello. «Coiro era a conoscenza o no della relazione di Almansi con Adele? E come poteva sapere che si era stancato di lei?»

Pagano continuava a camminare avanti e indietro nel soggiorno, in preda a un'euforica esaltazione. Sembrava essere arrivato vicino alla verità e questo gli faceva dimenticare la sua menomazione e tutti i consigli che i medici gli avevano prodigato.

«La loro era un'amicizia profonda», attaccò. «Un legame

tanto tenace quanto bizzarro, uno di quegli scherzi giocati dalla vita per mettere alla prova gli uomini.»

Lo squadrammo come due idioti, anche se in quell'affermazione si avvertiva che Pagano ci metteva del suo. Anche lui era amico di Almansi e forse questa condizione gli dava un punto di vantaggio su di noi. Lui e Cesare. Cesare e Coiro.

«Si erano conosciuti in vacanza, quando entrambi frequentavano la scuola elementare, e a quell'età certe differenze non si percepiscono. I bambini sono innocenti e non sanno che il destino ha scritto il loro futuro prima ancora che venissero al mondo. Cesare era figlio di una dinastia di principi del foro. Era bello, ricco, intelligente e dalla vita avrebbe avuto tutto. Anche il dono dell'integrità morale, che la sorte non gli ha mai scalfito. Non aveva bisogno di patteggiare col diavolo per ottenere quello che gli stava a cuore. Coiro non aveva conosciuto neppure l'amore di sua madre. Ogni cosa buona che la vita gli ha accordato ha dovuto sudarsela, ma con la segreta convinzione di non meritarla. E dunque cosa poteva farsene dell'onestà, dell'amor proprio e dell'onore? A chi doveva essere grato, a chi dimostrare un valore che era il primo a non riconoscere? L'amicizia di Cesare è stata una delle cose buone che la vita gli ha largito, una luce sfolgorante che ha illuminato la sua squallida esistenza di orfano povero e affamato di tutto.»

«È la stessa impressione che ho ricavato questa mattina», lo interruppi. «Ma perché Almansi gli avrebbe parlato della sua fidanzata segreta?»

«Anche se non lo ha fatto, Coiro deve avere intuito. Cesare aveva tenuto nascosta quella relazione per una sola, stupidissima ragione: Adele non voleva che la sorella minore, una ragazzina che si era invaghita di lui, ne venisse a conoscenza.»

«La ragazzina si chiamava Lu?» domandai.

«Lou», precisò lui con una punta di irritazione nella voce, «come Lou Andreas-Salomé. Il nome che per lei aveva scelto la madre psicoanalista.» Fece una pausa, quindi trasse un profondo respiro e continuò: «L'amicizia tra due personaggi così diversi è fragile come il cristallo. Non basandosi sulla stima, ma sulla fedeltà, per non incrinarsi deve alimentarsi di continue conferme. Atti concreti che attestino la lealtà e la sincerità reciproche. Coiro non ha fatto che richiederle, ossessivamente, e in cambio era disposto a fare qualunque cosa per dimostrargli la propria devozione. E tutto ha funzionato fino al momento critico dell'omicidio, che ha segnato un punto di rottura, anche se ci sono voluti vent'anni prima che questa si palesasse. Quando Gianni ha scoperto che Cesare gli aveva mentito sui miei rapporti con Adele, la loro amicizia si è trasformata in qualcosa di simile a una partita a scacchi. Se hanno continuato a frequentarsi è stato perché Almansi non lo ha tradito, e questo per Coiro ha significato moltissimo».

A questo punto Pertusiello portò le gigantesche mani sulle tempie e, soffiando come un toro, sbottò: «Okay, ammettiamo che Coiro avesse intuito che la relazione con Adele fosse arrivata al capolinea. Ora rispondete a una domanda: perché l'ha uccisa? Per fare un piacere al suo amico?».

«Potrebbe essere», rispose Pagano.

«State insinuando che il senatore è il mandante dell'omicidio?»

«Neanche per sogno», lo bloccò. «Cesare non ucciderebbe nessuno.»

«Come fai a dirlo?»

«Perché quando gli ho portato la prova della colpevolezza di Coiro ce l'avevo davanti agli occhi. E ho visto tre cose: lo sgomento per l'amico e per Adele, la colpa per averlo coperto per trent'anni e la ferma, irremovibile determinazione a denunciarlo.»

«Cosa che ha fatto», aggiunsi, «e che ha mandato Coiro in crisi.»

«In crisi?» domandò il commissario.

«Non se l'aspettava», spiegai. «Ora è un uomo distrutto che ha perduto la voglia di vivere. Perciò non ha voluto l'avvocato.»

«Dunque, se ho capito bene», concluse Pertusiello estraendo dalla tasca della giacca un pacchetto di Gitanes, «Coiro si aspettava da Almansi gratitudine per avergli fatto un favore che lui non ha mai chiesto.»

«Mi sembra l'affermazione più prossima alla verità», commentò Pagano.

«In questo caso la storia del raptus erotico andrebbe a farsi benedire.»

«Eh, già.»

Il commissario chiese se poteva fumare e il padrone di casa rispose: «Non sarà una sigaretta a cambiare la mia situazione. Anch'io ho riesumato la pipa».

Pertusiello accese una *papier maïs* e intanto guardava ora il suo amico e ora me con una faccia allibita. «Ma si può?» ripeteva. «Si può arrivare a uccidere... così?»

«È un'ipotesi», borbottò il detective. Si arrestò di colpo in mezzo alla stanza e aggiunse: «E, se vuoi la mia opinione, non ha alcuna rilevanza giuridica».

«Come sarebbe?» sbottò il commissario. «Se le cose sono andate così c'è stata premeditazione.»

«Hai sempre sostenuto che in tribunale contano le prove. Su quali basi una corte d'assise condannerebbe Coiro per omicidio premeditato?»

In questa osservazione colsi una caratteristica cruciale del modo in cui Bacci Pagano intendeva il suo mestiere. Quest'uomo, che nel suo lavoro aveva rischiato la pelle un'infinità di volte, se ne fregava della giustizia. Le vicende processuali non lo interessavano. Quello che muoveva le sue indagini era altro: si potrebbe definirla curiosità, ma sarebbe fargli un torto imperdonabile. Forse la sua era fame di verità. Il suo interesse per le vittime e gli assassini era un moto viscerale che poco aveva a che fare con la preoccupazione di ristabilire l'ordine infranto dal delitto. C'erano in lui una passione e una cocciutaggine che rasentavano la follia nel voler restituire alle une e agli altri la dignità che la morte strappa agli esseri umani, relegandoli nell'anticamera dell'oblio.

«Si può uccidere così?» aveva appena domandato il commissario con una sorta di sgomento. L'urgenza di sciogliere quello sgomento era l'unica, plausibile ragione che spingeva Bacci Pagano a gettarsi a capofitto nel suo lavoro.

Pertusiello rimase in silenzio a riflettere sulle ultime parole dell'amico, anche se si capiva che non gli suonavano nuove. La cenere della sigaretta cadde sul pavimento e lui prontamente sollevò i suoi centotrentacinque chili dal divano e chiese una scopa e una paletta. Andò al lavello della cucina, spense la cicca e ci guardò entrambi con gli occhi spalancati e una domanda che gli pendeva dalle labbra.

«Allora», lo incalzò Pagano, «si può sapere che c'è?»

«Qualcosa mi sfugge», rispose.

Restammo in attesa, mentre lui, piegato a squadra e sbuffante, cercava di raccogliere la cenere dal pavimento con un foglio di carta. Finché si decise a parlare, simulando un candore che da tempo aveva perduto, come i capelli neri, la silhouette e gli ardori della giovinezza.

«Ma voi due», e fece una pausa degna di un consumato attore dell'Actors Studio, «non dovevate scrivere un romanzo per scoprire chi ti ha sparato?»

11.
IL PROCESSO

Senza comprenderne la ragione, la mattina seguente mi alzai prestissimo, quando ancora il sole stava stingendo il luccichio delle stelle sopra il monte Fasce.

Forse era stata la visita in carcere a lasciarmi dentro qualcosa di irrisolto, quello che i genovesi chiamano *remescio*. Alla lettera significa tramestio, agitazione, e indica che dentro si muove qualcosa che toglie la pace. Così, dopo i consueti riti mattutini – colazione, gabinetto e doccia – decisi di raggiungere la casa di Pagano a piedi prendendomela comoda. Scesi lungo la collina di Albaro e raggiunsi il lungomare di corso Italia.

Nella notte si era alzato il vento. Uno scirocco umido e appiccicoso aveva battuto il mare sollevando onde lunghe che si frangevano sulla battigia con tonfi sordi seguiti dal crepitio del pietrisco trascinato dalla risacca. A quell'ora gli stabilimenti balneari erano deserti e un fronte di nubi nere avanzava minaccioso da ponente.

Trovai il detective avvolto da una vestaglia di cotone color malva mentre faceva colazione insieme ad Aglaja. Lei era vestita di tutto punto, come se si apprestasse a uscire. L'incarnato del viso e la pelle, solitamente diafani e quasi esangui, erano ravvivati da un colorito che le conferiva un'aria sbarazzina. Era stata al mare con Essam e poche ore di sole erano bastate per restituire alla sua bellezza una luce più aggressiva che mi ricordò il maschiaccio di cui mi aveva parlato suo padre.

Stavano seduti in soggiorno, uno di fronte all'altra, la tavola apparecchiata con cura e ricca di ogni bendiddio. Una caraffa di latte, il bricco del caffè, il vassoio dei formaggi, un barattolo di marmellata alle arance e uno di albicocche, fette di pane tostato imburrate e un canestro colmo di mele e pere kaiser.

Avevo una gran voglia di chiedergli dell'amante di Almansi, ma alla presenza della figlia non mi sembrava il caso. Mi offrirono una tazzina di caffè e cominciammo a commentare le ultime notizie del giornale radio. La prima cosa che Pagano disse fu: «Il mio amico senatore aveva ragione: questa maggioranza non approverà mai il disegno di legge sui rifiuti».

«Mi pare evidente», confermai. «Larghe intese e grandi affari sono una combinazione che funziona a meraviglia.»

«Meglio della lupara e del kalashnikov», aggiunse. «Fanno meno rumore.»

Aglaja ingurgitò il suo caffè, si alzò da tavola e cominciò a sparecchiare.

«Tra poco sarà qui Zainab», disse rivolta al padre. «Io vado in biblioteca. Ci vediamo a pranzo.»

«Riesci a passare in questura?» chiese Pagano. «Pertusiello ha una busta per me.»

La giovane annuì, quindi domandò: «Ti aiuto a vestirti?».

«Non importa», rispose lui sollevando la mano aperta. «Me la caverò anche da solo.»

Dieci minuti dopo eravamo nel suo ufficio. Pagano indossava una camicia azzurra con le maniche ripiegate, i soliti jeans e ai piedi un paio di mocassini senza calze. Mentre attaccavo il registratore, si accomodò con movimenti misurati alla scrivania.

«Con quest'afa», disse, «il corpetto diventa insopportabile.»

«Mi piacerebbe sapere qualcosa di più sulla storia di Lou», buttai lì con apparente distacco.

«Ogni cosa a suo tempo», rispose secco. «Per ora ti basti sapere che è l'amante del senatore.»

«Da quanto dura?»

«Te l'ho detto», sospirò. «Da quando Lou era una ragazzina.»

«Vuoi dire che Almansi tradiva Adele con la sorella minorenne?»

«Povero Cesare!» sbottò lasciandosi andare a una risata che racchiudeva una nota malinconica. «Di questo passo finiremo per farne un mostro.» Fece una pausa e spiegò: «Allora era innamorato di Katia, la donna che ha sposato, con cui ha fatto due figli e che è ancora la sua legittima consorte».

«E a cui mette le corna con Lou Semeria.»

«Sei diventato un bacchettone?» ribatté. «Ricorda che sei uno scrittore, Vasco, non un prete. E poi Lou non si chiama Semeria. È nata dal secondo matrimonio della madre con un argentino pieno di verve di nome Suárez.» Quindi, con il tono di chi intende chiudere il discorso, aggiunse: «Non so da quanto duri, suppongo da diversi anni».

Sul ripiano della scrivania c'erano le pipe, il registratore e due libri che vedevo per la prima volta. Erano sottosopra e con le costole voltate dalla sua parte. La copertina era nascosta e tutto quello che riconobbi fu che non si trattava di miei romanzi.

Pagano fece scorrere la sedia girevole, allontanandola dal tavolo, e sporse il busto in avanti per aprire un cassetto in basso. Afferrò qualcosa e si raddrizzò. All'improvviso nella sua mano destra si materializzò una fondina che conteneva una pistola. Allungò lentamente il braccio e la posò davanti al mio naso.

«Che significa?» domandai.

Mi scrutò di traverso e si aprì a un sorriso lento, che sembrava stentare a uscire. «È la mia pistola», disse. «Beretta 8000 Cougar calibro 9.»

Ricambiai lo sguardo senza fare commenti.

«Un'ottima semiautomatica», continuò. «Sicura e affidabile. Caricatore da tredici colpi, più uno che puoi avere già in canna quando ricarichi. È stato così che ho fregato Rudolph Mayer, sparandogli senza caricatore.»

Continuavo ad ascoltare, in silenzio, in attesa di capire dove volesse arrivare.

«La uso da una decina d'anni, su consiglio del mio armaiolo di fiducia, un giovanotto molto competente che ha la bottega in via Fossatello. Prima di allora mi sono sempre affidato a una Walther PK calibro .38. La famosa P38 dei cosiddetti anni di piombo.»

«Che brutta espressione: anni di piombo.»

«Brutta ma efficace per mistificare quello che sono stati davvero.»

«Hai ragione: se guardiamo al benessere diffuso, alla redistribuzione del reddito e alle garanzie sociali, sono stati un periodo felice per l'Italia.»

«Io direi il momento più alto toccato dalla civiltà europea nella storia dell'uomo. I veri anni di piombo sono quelli che viviamo oggi.»

«Perché mi hai mostrato la pistola?» domandai sconcertato.

«Un giocattolo simile mi è costato cinque anni di galera.»

«Cazzo.»

«E senza l'intervento del padre di Cesare sarebbero stati il doppio.»

«Ti avevano dato dieci anni?»

«Sì. Sono stato arrestato a Milano», attaccò, «durante una manifestazione studentesca in cui un giovane poliziotto era stato colpito a morte. Era il 1975. A sparare era stata una P38 uguale a quella che avevo in tasca quando mi fermarono. L'avevo vista sul selciato mentre stavo scappando e l'avevo raccolta con l'intenzione di toglierla di mezzo. Cercavo un tombino o un cassonetto dell'immondizia dove nasconderla perché a nessuno venisse in mente di usarla. Ma non ho fatto in tempo: in via Alfieri incrociai due agenti in tenuta antisommossa che mi intimarono l'alt, spianandomi contro le loro Beretta. Mi bloccai con le braccia alzate e lasciai che mi perquisissero. Fu la prima cosa che trovarono. L'unica chance che mi restava era che quella pistola non avesse sparato, ma purtroppo non era così.»

«Aveva sparato?»

«Sì.»

«Fosti accusato di omicidio?»

«Mi portarono in questura, mi malmenarono di brutto e fui sottoposto alla prova del guanto di paraffina, che risultò positiva anche se non avevo fatto fuoco. Quell'imbecille che l'aveva abbandonata doveva essersi divertito a usarla, magari tirando in aria, come aveva visto fare in qualche film western. Così mi spedirono a Novara, nella sezione di massima sicurezza, dove trascorsi oltre due anni di carcerazione preventiva – allora si chiamava così – in attesa del processo. In primo grado tutto quello che i miei avvocati riuscirono a strappare fu la derubricazione del reato di omicidio. L'esame balistico, ma soprattutto la tempistica, escludevano che fossi sul posto quando il poliziotto era stato colpito. Mi condannarono ai sensi dell'articolo 280 del codice penale: attentato con finalità di eversione e terrorismo e detenzione abusiva di arma da guerra, in tutto dieci anni e tre mesi. Il processo di appello, che si svolse circa un anno e mezzo dopo, confermò la pena. Fu a quel punto che mio padre e i suoi compagni si rivolsero ad Aristide Almansi.»

«Fino ad allora chi ti aveva difeso?»

«Due avvocati iscritti al partito comunista. Ce la misero tutta, ma gli mancava il carisma del grande Aristide. Per mio padre non fu una scelta facile: si trattava di un avvocato penalista di straordinaria abilità, uomo integerrimo – tale e quale suo figlio – che si ispirava agli ideali del cattolicesimo democratico e che aveva militato nella brigata partigiana del comandante Bisagno. Ma restava pur sempre un democristiano. Preparò il ricorso in cassazione con una meticolosità e sagacia magistrali. E fu la mia fortuna, perché nel dicembre del '79 sarebbero entrate in vigore le leggi speciali di Cossiga. In primo grado e in appello non erano stati sentiti diversi testimoni a mio favore. In particolare un poliziotto, amico di mio padre, che per colmo della sfiga in quel periodo operava in Sicilia sotto copertura, infiltrato in una cosca, e non poteva certo comparire in un pubblico processo rivelando la propria vera identità. L'anno prima di essere arrestato mi ero rivolto a lui per chiedergli consiglio quando in università avevo trovato alcuni fucili da caccia nascosti in un armadio. Per non espormi a possibili ritorsioni, decise che la soluzione migliore era toglierli di mezzo di nascosto e insieme andammo alla Foce e li gettammo in mare. Le testimonianze di molti compagni, che raccontarono come in più occasioni avessi fatto a botte con militanti che volevano scendere in piazza armati di spranghe e coltelli, non erano state tenute in grande considerazione dai giudici, ma quella del poliziotto aveva tutto un altro peso. E poi c'era l'inghippo della prova del guanto di paraffina. Si tratta di un esame non troppo affidabile: se hai maneggiato kerosene o benzina, il test può risultare positivo. Era stato effettuato a caldo dalla polizia scientifica senza istruire una formale perizia. Nel ricorso Almansi rilevò il vizio di forma, ma non si limitò a questo. Eravamo saliti a Milano in automobile al mattino presto e, come spesso succedeva in quegli anni per la cronica mancanza di soldi, in autostrada eravamo rimasti a secco. Mi ero offerto di raggiungere a piedi il più vicino distributore e di riempire una tanica di benzina. Anche il benzinaio che mi aveva servito, versandone sulle mani e sulle scarpe, non era stato sentito. L'uomo nel frattempo era andato in pensione e si era trasferito in un paesino della Lucania. Il padre di Cesare lo fece rintracciare da un investigatore privato che lo convinse a venire a testimoniare a Milano. Con il ricorso chiese alla cassazione il rinvio alla corte d'appello e il giudice, allo stato degli atti, dichiarò la propria impossibilità di decidere. Questo rese possibile la rinnovazione istruttoria e l'ammissione dei nuovi testimoni nel dibattimento e nel luglio del 1980 fui assolto per entrambi i reati.»

«E in agosto ti fecero uscire.»

«Il 6 agosto Clara venne a prendermi a Novara insieme a suo padre. Alle otto del mattino la Prinz rossa del vecchio mi aspettava davanti al portone del carcere. Faceva un caldo del diavolo, ma in vita mia non ho mai respirato aria più fresca di quella.»

«Il poliziotto era lo stesso che ti aiutò a ottenere la licenza di investigatore privato?»

«E il porto d'armi. Anche se ero stato assolto, non fu facile ottenere l'autorizzazione della questura.»

«E Almansi non volle essere pagato?»

«Neanche una lira.»

«Un personaggio di tutto rispetto», osservai. «Scommetto che tuo padre non la prese bene.»

«Scommessa vinta, ma i compagni lo convinsero e, del resto, si trattava di suo figlio.»

«E tu, come convincesti Almansi della tua innocenza?»

«Dopo aver parlato con il poliziotto, che a operazione conclusa era ritornato a Genova, e con alcuni miei compagni di università, venne di persona a trovarmi in carcere e si fece raccontare tutta la storia, in ogni minimo dettaglio. Una, due, tre volte. La rivoltò come un calzino, peggio di quanto avevano fatto a suo tempo i magistrati. Alla fine mi guardò dritto negli occhi – era un omone ritto come un fuso, la voce stentorea, i modi burberi e la faccia severa – e mi disse: "Mi hai convinto, Bacci. Ti prometto che ti farò uscire". Ingaggiò l'investigatore privato e lo spedì in Basilicata alla ricerca del benzinaio in pensione, e alla fine mantenne la parola.»

«Chissà la felicità dei tuoi...»

Mi lanciò un'occhiata piena di rabbia e dolore. «I miei non lo seppero mai», disse. «Mia madre era morta nel 1978, e mio padre la seguì alla fine di gennaio del 1980. Nel marzo di quell'anno, prima di essere scarcerato, mi laureai e diventai "dottore in lettere". Due agenti della polizia penitenziaria, uno dei quali resta tra i miei più grandi amici, mi scortarono – vestiti in borghese e con un'auto senza contrassegni di riconoscimento – fino in via Balbi, a Genova. Appena varcati i cancelli del carcere mi usarono anche la delicatezza di togliermi le manette: sapevano che non avrei tentato di scappare. Per evitare disordini la notizia della mia seduta di laurea fu tenuta segreta. Vi parteciparono solo Clara, due cugine e un ristretto gruppo di amici. Sono stato il primo laureato delle famiglie Pagano e Canepa, ma loro non c'erano.» Fece una pausa e aggiunse: «Loro *non c'erano più*».

Non riuscii a trattenermi e dissi: «Mi dispiace».

Pagano evitò di guardarmi e si limitò a rispondere: «È la vita».

Invece pensai che la mia, di vita, era stata assai più facile e meno feroce della sua. Che non avevo dovuto attraversare il deserto come aveva fatto lui. Il mio solo merito, se mai ne avevo avuto uno, era stato quello di aver lavorato sodo, senza risparmiarmi e con determinazione, per realizzare i miei talenti, pochi o tanti che fossero.

Quando glielo dissi, mi guardò e sorrise con una punta di condiscendenza, come si fa con i bambini quando vogliono a tutti i costi passare per cattivi.

«Ciascuno ha il suo destino», disse guardando la Beretta posata sul tavolo. «Evidentemente il mio era quello di incrociare questo aggeggio e restarci impigliato tutta la vita, fino alla fine.»

Allora mi ricordai che erano stati due colpi di pistola calibro 9 a ridurlo così.

12.
MARA E JASMÌNE

Ci interrompe una vivace scampanellata del citofono. Penso alla energia racchiusa nel corpo atletico di Zainab, la donna dalla pelle nera venuta dalla Nubia, quando Pagano borbotta: «Chi può essere a quest'ora?».

«Non aspetti la colf?»

«Zainab ha le chiavi», risponde e mi invita ad andare ad aprire.

Al citofono domando chi è e la voce trafelata e leggermente rauca di una donna risponde: «Sono io».

Così, quando Pagano mi chiede chi sia, non so cosa dire.

Poco dopo nella sala d'attesa dell'ufficio si materializza una figura dal corpo slanciato e l'andatura leggermente dinoccolata. Il volto irregolare è di quelli che non hanno bisogno di trucco per colpire. Si appoggia nervosamente ora su una gamba ora sull'altra e lascia trasparire una disposizione d'animo sfuggente, quasi selvatica. Mi riserva un sorriso tenero, appena adombrato di perplessità. Porta i capelli castani tagliati a caschetto e indossa un abito nero e corto senza maniche che lascia scoperte le braccia e due splendide gambe abbronzate. Calza scarpe con il tacco che la fanno apparire ancora più alta. Mi stringe la mano e si presenta.

«Mara Sabelli», dice – nella voce rauca risuona una nota morbida, delicata come il suo sorriso – e non aggiunge altro.

«Gian Claudio Vasco», rispondo. «Vuole parlare con il dottor Pagano?»

Sgrana i grandi occhi verdi in un'espressione stupita e compiaciuta. «Lei sarebbe... Vasco lo scrittore?»

«In persona.»

«E...»

«...cosa ci faccio qui? È questo che intende?»

Annuisce e mentre entriamo nell'ufficio spiego che sto collaborando con il detective.

«Vuoi sapere chi è l'investigatore e chi il cliente?» dice Pagano protendendo le braccia e afferrandole affettuosamente le mani. «Non abbiamo ancora deciso. Con Vasco stiamo scrivendo un libro.»

«Un libro?» domanda lei portando l'indice sulle labbra, allibita. «Diventerai un detective di carta?»

«Perché no? Quelli, almeno, non muoiono.»

La risposta sortisce l'effetto di gelare l'aria. La donna aggira la scrivania e bacia dolcemente Pagano sulla guancia, che ricambia accarezzandole le labbra con la punta delle dita. Compie il gesto senza guardarla, a memoria come un cieco. In quello scambio avverto una corrente di passione, frenata da una punta di imbarazzo, come accade fra coloro che si sono amati e forse non hanno smesso di farlo, ma non hanno ancora capito perché diavolo si sono lasciati.

Mara prende forsennatamente a frugare nella borsa, dando l'impressione di volersi rintanare al suo interno per camuffare l'emozione che l'ha colta a tradimento.

«L'analista mi aspetta, devo scappare», dice. «Ti ho portato il saggio che mi hai chiesto.»

Estrae una busta di plastica contenente un malloppo di fotocopie e la posa sul ripiano della scrivania, dove sono rimasti i libri e il registratore, ma non la pistola.

«Grazie», replica Pagano. E aggiunge: «Sei tornata dal dottor Ingroia?».

Mara annuisce evitando di incrociare il suo sguardo.

«Lavoro o acciacchi dell'anima?» insiste lui.

«Entrambe le cose.»

«Portagli i miei saluti, e anche a sua moglie Carolina.»

«Mi chiedono spesso di te», replica alzando finalmente gli occhi. «Credo che gli faranno piacere.»

Ci saluta e svanisce, lasciando nella stanza una scia profumata di lavanda e agrumi e sulla faccia di Pagano un sentimento misto di rammarico e rassegnazione.

«Chi è?» domando.
«Vuoi sapere chi è o cosa è stata?» risponde quasi infastidito.
«Entrambe le cose.»
«Mara Sabelli, psicoanalista infantile. Dopo la mia separazione, siamo stati insieme sette lunghi anni.»
«Avete convissuto?»
«Potrei dire che abbiamo convissuto mantenendo ciascuno la propria casa. Lei abita in piazza Invrea, vicino al duomo, in un grande appartamento che le ha regalato suo padre, dove ha ricavato anche lo studio per vedere i pazienti.»
«Ha due occhi meravigliosi», mi scappa detto. «Una bellezza atipica.»
«Mi stai rimproverando per averla perduta?»
«Forse è quello che stai facendo tu.»
«È stata lei a definirmi "analfabeta dei sentimenti"», continua quasi parlando a sé stesso. «Detto da una poliglotta dell'ipotalamo, abituata a leggere il significato recondito di ogni gesto e parola, non è cosa da prendere sottogamba. Mi avrà ripetuto mille volte che non ho imparato a dare un nome alle mie emozioni e che finisco sempre per fare pasticci, confondendo la buccia e l'essenziale.»
«E quelle degli altri?» domando.
«Con quelle me la cavo un po' meglio. Del resto, se non avessi buone antenne per captare quello che prova la gente, come potrei fare questo mestiere? Quando si tratta di investigatori, lo chiamano "fiuto". Peccato che con me stesso mi si tappi il naso.»
«Osservandovi, ho colto in entrambi qualcosa che assomiglia al rimpianto.»
«È un altro pezzo di vita che se n'è andato e non tornerà più», replica rovesciando le mani, in un gesto sconsolato. «Ma non fraintendermi: non sono così egocentrico da non vedere quello che ho perduto. Mara non è solo una bella donna, è una persona che si dà fino in fondo, senza risparmiarsi. E l'ho amata davvero, e credo di averla conosciuta a fondo. E più l'amavo e la conoscevo, più scoprivo quanto valesse e avesse da insegnarmi. Se mai è il contrario...»

«Non capisco.»

«Non è *adesso*, che so di averla perduta, che sono egocentrico. Lo sono stato *allora*, quando ho fatto di tutto perché succedesse.»

«Continuo a non capire.»

«C'è sempre qualcosa che mi impedisce di vivere il presente. Una ferita aperta che non dà tregua. Con lei è stato il pensiero di Clara e Aglaja, la loro sofferenza che rimordeva la coscienza e sporcava le cose belle che stavo vivendo. Con Clara era stato il ricordo di mia madre, la sua disperazione che mi tormentava e non mi consentiva di essere felice per quello che avevo. La mia vita è stata così: agganciata al passato come a una pietra che mi trascinava giù, fino a farmi annegare.»

«La colpa non aiuta a vivere», dico. «Non lenisce i dolori di chi abbandoniamo e finisce per provocarne di nuovi alle persone che attraversano il nostro cammino.»

«Eppure», grugnisce con disperazione, stringendo i pugni, «deve esserci un modo per liberarsi di questo fardello!»

Ora comincio ad afferrare il senso della sua disperazione di fronte al rischio di morire o, peggio, di finire bloccato per sempre in un letto. Non è la paura della fine che gli ha tolto l'aria. La sua vita è stata una guerra e lo ha abituato ad affrontare ogni giorno come se fosse l'ultimo. Il prezzo che ha pagato è stato terribile, la lontananza da Aglaja e la condanna a una solitudine che nessun amore poteva colmare e solo gli amici hanno in parte lenito. Quello che l'ha salvato era combattere, facendo sì che la rabbia che bruciava dentro diventasse azione, lavoro al servizio di chi non poteva difendersi da solo.

Salvare qualcosa di buono è il suo assillo, un legame che conservi il senso di continuità dell'esistenza. E quel maledetto proiettile ha spezzato il filo e ha messo in scacco questo proposito.

Scoprire chi gli ha sparato è solo un pretesto. La spinta che lo muove è un'altra. Teme che non ci sarà più tempo per ricomporre l'ordito devastato della sua vita e per questo si affanna a farlo con quelle di Coiro, di Adele Semeria e del suo amico Almansi.

Ricucire i pezzi, ritessere una trama di senso in quanto è accaduto e condividerla con le persone che lo hanno accompagnato è diventato, ai suoi occhi, un compito quasi impossibile. Non è il loro perdono che cerca, né l'indulgenza che il tempo riserva alle colpe lontane, quelle che gradualmente sbiadiscono nella memoria.

La sua è piuttosto una lotta contro l'oblio e mi ricorda certi archeologi del passato, testardamente impegnati a scavare per disseppellire le pietre che certifichino la verità storica d'un racconto scritto sulla carta. Forse la bella Mara fa lo stesso con i suoi bambini, li aiuta a riesumare remote verità dimenticate.

«Abbiamo vissuto», dico, «e non sarà stato per niente.»

Mi guarda tra contrariato e perplesso. Ora è lui a non capire.

«Non è gettandosi il passato alle spalle», spiego, «sforzandosi di ignorarlo, che possiamo liberarci del suo fardello.»

Si apre a un sorriso convinto. Finalmente si è sentito compreso. «Abbiamo vissuto», ripete, «e qualcosa di integro e vitale deve sopravvivere per darci la forza di andare avanti.»

Attacca a raccontare una storia che risale a una decina di anni fa, quando la relazione con Mara cominciava a mostrare le prime crepe. Un altro buco che non potrà rammendare.

«Stavo indagando per conto di uno dei miei compagni di sventura, un ex leader del Sessantotto tale e quale Cesare Almansi. Anche lui fedele ai suoi principi fino al punto di aprire, a cinquant'anni suonati, una radio libera di controinformazione politica alla quale aveva affibbiato il suggestivo nome di Radio Baba Yaga. Questo cervellone aveva escogitato l'idea di lanciare una campagna chiamata "Cinque pallottole per ripulire l'Italia", chiedendo agli ascoltatori di votare i cinque personaggi da far fuori per il bene del paese e spingendosi all'assurdo di acquistare una carabina vera. Ne era scaturito un putiferio e la DIGOS si era mobilitata, inviando alcuni pezzi grossi da Roma. Ma la cosa più grave era stata che un agente ombra dei servizi l'aveva rubata, quella carabina, e lo scherzo si era trasformato in un'emergenza tremendamente seria. Perché quell'uomo aveva un piano preciso e la determinazione giusta per portarlo a termine: intendeva sparare al presidente del consiglio in visita a Genova.»

«Che anno era?» domando.

«Il 2004, secondo governo Berlusconi.»

«Cazzo!»

«La vicenda si concluse con la morte dell'attentatore e rimase top secret. Nessuno ne parlò, come se non fosse successo niente.» Fa una pausa e riprende: «Nel corso dell'indagine mi fu di grande aiuto una giovane prostituta ivoriana che si chiamava Jasmìne Kilamba. L'organizzazione criminale che l'aveva strappata alla fame e alla miseria del suo villaggio le aveva garantito di lasciarla libera, una volta pagato il suo pegno, e forse avrebbe rispettato i patti, ma il diavolo ci mise la coda. Casualmente si era imbattuta nell'uomo che aveva rubato la carabina e fu costretta a nascondersi in casa mia. Si sentiva in debito e mi propose di pagarmi l'affitto in natura, altrimenti se ne sarebbe andata. Accettai, ma fu tutta una sceneggiata, perché tra noi era scattato qualcosa».

«Vi eravate innamorati?»

Il suo volto rimane impassibile, come se non avesse sentito. «Affermava di non essere degna del mio amore, anche se non ho mai capito cosa intendesse.»

«Forse vendere il proprio corpo la faceva sentire un rifiuto...»

«Jasmìne è troppo intelligente per pensare una cosa del genere!» mi interrompe con un gesto di stizza. «Vendeva il suo corpo perché non aveva altro mezzo per rientrare in possesso della propria vita. Non aveva motivo di vergognarsi... Vuoi che faccia un esempio? Ho raccontato la storia di Tilde senza dirle che era mia madre, lei ha capito subito di chi si trattava.»

Abbassa lo sguardo, quasi fosse lui a vergognarsi della sua reazione. Quindi riprende il racconto.

«Al comando della squadra politica venuta da Roma c'era un certo Manzi, un fascista che non aveva digerito il fatto che gli avessi rotto il naso. Mi fece pestare a sangue dai suoi scherani e fece perquisire il mio appartamento. Trovarono Jasmìne e la rispedirono in Costa d'Avorio. Fu allora che cominciò la sua odissea infernale. Quelli dell'organizzazione la ritrovarono, la riportarono qui e per punirla la cedettero a una banda capeggiata da due autentici aguzzini, i fratelli Trevisan. Costoro gestivano un traffico mostruoso: vendevano a cifre da capogiro le ragazze a clienti con gusti particolari, sadici che le tenevano prigioniere e si divertivano a torturarle fino a provocarne la morte. Con l'aiuto del mio amico Pertusiello riuscii a individuare la cascina dove era rinchiusa e dopo uno scontro a fuoco la liberai. Era ridotta a uno scheletro e priva di sensi. La tennero a lungo in coma farmacologico, finché si risvegliò e potei finalmente parlarle. Ci vollero parecchi giorni prima che si riprendesse. I fratelli Trevisan furono arrestati e Jasmìne, in quanto testimone chiave nel processo, fu posta sotto protezione e trasferita in un luogo segreto.»

«Una storia terribile.»

«Il mercato conosce una sola regola: quella della domanda e dell'offerta», replicò con un sorriso disgustato. «Se c'è una richiesta, ci sarà qualcuno in grado di soddisfarla. È solo questione di prezzo. Si tratti di organi da trapiantare, bambini da stuprare o rifiuti tossici da smaltire, non fa differenza. Intanto quei soldi finiranno nei fondi di investimento e nessuno potrà mai distinguerli dai risparmi del nonno sulla pensione.»

«L'hai più rivista?»

«Un anno fa, quando si è celebrato il processo di primo grado contro i Trevisan. Grazie ai buoni uffici del solito Pertusiello mi hanno permesso di incontrarla. Abbiamo cenato insieme a casa mia, in gran segreto e piantonati da due poliziotti. E vuoi sapere che cosa mi ha domandato?»

«Lo immagino: perché avessi aspettato tanto a cercarla.»

«Già», conferma traendo un lungo, sofferto respiro.

«Perché?»

«Le dissi che non sapevo dove si trovasse e come raggiungerla e lei fece finta di credermi.»

«Ma non era vero e lei lo sapeva.»

«Sapeva che i miei agganci con la polizia erano tali che avrei potuto, se non altro, farle arrivare un messaggio.»

«Ma non l'hai fatto.»

«No, non l'ho fatto.»

Continuo a scrutarlo, cercando nei suoi occhi non tanto una spiegazione, quanto piuttosto il filo rosso che lo ha portato, dopo aver parlato della relazione con Mara, a raccontarmi di questa giovane ivoriana alla quale – in fin dei conti – ha prima garantito una protezione da criminali e polizia e poi salvato la vita.

Quale spettro di cattiva coscienza lo induce a tormentarsi ancora?

«Si può amare», dice dopo un prolungato silenzio, «e si può non farlo. Quando i nostri sentimenti sono troppo tiepidi per impegnarci in una relazione, sottrarsi e lasciar correre è un modo per fare chiarezza. Ma quando una donna che ti ama ti dice di non sentirsi degna del tuo amore – qualunque sia la ragione che la spinge a farlo – è tutta un'altra faccenda. Con stupore di tutti, avevo rispettato la decisione dei magistrati di secretare l'indirizzo di Jasmìne senza cercarla e la mia remissività era stata interpretata come una rinuncia motivata dalla volontà di preservarla dal pericolo. Nessuno sospettava che dietro il mio sacrificio si nascondesse uno squallido compromesso con me stesso e che i miei veri sentimenti avessero colto al volo l'occasione per rifugiarsi sotto la toga di un giudice come ratti spaventati.»

Fa una pausa e prende a massaggiarsi la barba con furia, quasi volesse strapparsela.

«Il fatto è che non avevo niente da darle, niente di quanto una donna si aspetti da un uomo. Dopo l'indagine che mi aveva portato ad aprire l'album di famiglia, la mia capacità di amare era svaporata insieme al desiderio e alla disposizione a entusiasmarmi. Jasmìne mi conosceva bene e le sarebbe bastato guardarmi negli occhi per accorgersene.»

«Non vi siete più sentiti?»

«No», risponde.

Rimane in silenzio e fissa lo sguardo sulle mani, abbandonate sul ripiano della scrivania.

Spinto dalla curiosità, allungo il braccio e afferro i due volumi che vi sono posati con la speranza di trovarvi una traccia, un suggerimento che mi aiuti a dirgli qualcosa. Li rivolto e guardo la copertina.

«Immagino tu l'abbia letto», dice guardandomi negli occhi.

«Sì», rispondo. «Più di una volta.»

«Anch'io», replica. «Questa è la terza.»

Si tratta di un romanzo: *I fratelli Karamazov* di Fëdor Dostoevskij.

13.
LOU

Il quartiere l'avevo visto cambiare anno dopo anno, per oltre un quarto di secolo. Attività che avevano chiuso i battenti in tempi ormai lontani, come il salumiere Lupi sulla piazza, o il negozio di calce e colori con la carriola incatenata all'imbocco di salita Carbonara, e la Lisa in piazzetta della Giuggiola, che assomigliava più a una casa privata aperta agli amici che a un'osteria. E altri che, dopo avere intonacato i muri e rinnovato gli arredi, hanno sollevato le saracinesche e dato vita a un nuovo forno in piazza, al bar, alla birreria e alla trattoria che porta il nome genovese dell'origano: *a cornabuggia*.

Forse per uno scherzo della geografia e del destino, che ne hanno fatto l'ultima propaggine della città vecchia – dove finiscono i carruggi e cominciano le crose che salgono verso Carbonara e Castelletto – per una ragione o per l'altra dal Carmine finivo sempre per passare.

Un quartiere con la stessa anima e la stessa pelle degli altri rioni popolari del centro storico, ma segnato da questa prossimità alle alture e ai palazzi signorili che affacciano sulle strade alberate della circonvallazione a monte.

Per i figli della borghesia genovese quest'angolo della città vecchia è sempre stato un luogo di transito dove sostare nel corso di vere o presunte giovinezze, ora atteggiandosi a single impenitenti ora per sperimentare convivenze senza paracadute, in attesa di sistemarsi in via definitiva nei quartieri bene di Castelletto, Albaro o del Levante. E ha sempre finito per evocare quel tanto di follia e trasgressione connaturate alla gioventù, la tempesta prima della quiete, senza le quali la maturità arriva monca e gravida dei pericoli celati nelle cose che potevano essere e non sono state.

Era tornato a levarsi lo scirocco secco e il cielo esibiva un azzurro sfacciato, appena striato da sottili trecce di nuvole d'un rosa pallido. La casa d'angolo, quella adiacente al palazzo con l'edicola della Madonna, era investita dall'ultimo sole che tingeva i mattoni e le arcate d'una sfumatura arancione. Alle sette della sera la piazza era un tripudio di vita. Nell'aria si levava il vociare dei bambini che giocavano al pallone e un brusio fitto e costante di chiacchiere consumate senza fretta. Uomini e donne di tutte le età sedevano fuori dal bar davanti a una birra, a un prosecco o a un robusto aperitivo. La trattoria stava apparecchiando i tavoli esterni. Anche il mercato coperto era pieno di gente che faceva la spesa o si apprestava a cenare al ristorante.

Stavo ritto in piedi nel mezzo della piazza, le braccia abbandonate lungo i fianchi, con la confusa sensazione che il tempo si fosse fermato. Il maledetto tempo che non dava tregua al mio socio, colui che sentivo ormai vicino come un amico di lungo corso, il detective Bacci Pagano.

Nella tasca della giacca tenevo la busta che Pertusiello aveva consegnato ad Aglaja perché la recapitasse a suo padre. Conteneva due fotografie a colori con il volto di due uomini. Pagano mi aveva suggerito di chiedere di Armando, il padrone della trattoria, mostrargliele e aspettare la sua reazione. Se non avessi ricavato niente, mi sarei spostato in salita Carbonara nella birreria Fame kimika, dove un certo Sammy non avrebbe lesinato domande, risposte e digressioni.

Un giovane dalla pelle olivastra, i riccioli neri fissati con il gel, stazionava sulla soglia della trattoria in attesa dei primi clienti. Mi avvicinai e chiesi: «C'è Armando?».

Non fece domande e mi invitò a entrare. Mi guidò fino all'ingresso della cucina e chiamò: «Armando! Ti vogliono».

Con il calore dei fornelli arrivò odore di pesto e pesce in umido, un aroma che invitava a sedersi e approfittare dell'occasione.

Un uomo corpulento con indosso una maglietta nera e un ampio grembiule chiazzato di unto sbucò fuori e salutò.

«Buonasera», disse secco.

«Buonasera a lei. Ha un minuto da dedicarmi?»

«Se ha intenzione di cenare», rispose con un sorriso che gli montava sul volto in un crescendo rossiniano, «sappia che le ho dedicato tutto il pomeriggio.»

Se ne uscì con una risata esplosiva, più rumorosa che allegra, e negli occhi colsi un barlume di diffidenza come se si fosse messo in guardia.

«Mi chiamo Gian Claudio Vasco e mi manda un amico, l'investigatore Bacci Pagano.»

«Ho letto sui giornali che gli hanno sparato», disse. «Come sta?»

«L'ha scampata bella», risposi estraendo la busta dalla tasca, «ma ha due vertebre fratturate da una pallottola. A settembre dovrà subire un'operazione molto delicata.»

«Mi dispiace», disse sinceramente rammaricato. «È venuto qualche volta insieme a una cliente che abita qui sopra», e puntò l'indice verso l'alto. «Spesso le chiedo di lui e mi ripete che è vivo e si è ripreso, ma rischia grosso.»

Compresi che stava parlando dell'amante di Almansi. Dunque la signora Suárez si teneva informata sulla salute dell'uomo che l'aveva amata senza essere ricambiato.

«Vorrei che rispondesse a una domanda», dissi, e cavai fuori le due fotografie dalla busta. «Ricorda di avere visto uno di questi uomini?»

Prese le foto tra le mani e le distanziò per metterle a fuoco. Le labbra si tesero in un sorriso furbesco. «Sono facce conosciute, le abbiamo viste su tutti i giornali.»

«Lo so», replicai. «Ma le ha anche incontrate di persona?»

«Intende dopo l'attentato al signor Pagano?»

«Intendo *prima* dell'attentato.»

Aveva la risposta pronta a uscire, ma si capiva che stava rimuginando qualcosa. Pagano mi aveva spiegato che Lou era qualcosa di più d'una semplice cliente e che quella trattoria costituiva una specie di prolungamento della sua cucina. La preoccupazione di danneggiarla gli si leggeva in faccia.

Allora decisi di tranquillizzarlo nel modo più semplice, dicendo la verità.

«Senta», cominciai, «capisco che per lei sono uno sconosciuto e che vorrebbe sapere la ragione della mia curiosità. Pagano mi ha riferito che Lou Suárez è sua amica e comprendo il desiderio di non crearle fastidi. Ma le assicuro che non sono venuto per lei. Pagano è convinto che uno di questi due uomini lo abbia seguito quando è stato qui con la signora.»

«E per quale ragione?»

«Questo non lo sa, ma una conferma gli sarebbe d'aiuto nell'indagine che sta conducendo.»

«Non mi ha appena detto che è fuori gioco?»

«È imbragato in una gabbia ortopedica e non può uscire di casa, ma la sua testa funziona a meraviglia.»

«Su cosa sta indagando?»

«Vuole scoprire chi gli ha sparato.»

«Non dovrebbe occuparsene la polizia?»

«Sono anni che Pagano collabora con la sezione omicidi della questura, e questa volta ha una ragione speciale per farlo.»

Rimase in silenzio, le mani sui fianchi e lo sguardo che vagava per ogni angolo della sala, quasi volesse prenderne le misure. Alla fine si risolse e disse: «Sarò sincero, signor Blasco...».

«Vasco.»

«Non ho niente in contrario ad aiutare il dottor Pagano – che, tra parentesi, mi è anche simpatico – ma vorrei prima parlare con Lou.»

«Capisco benissimo», risposi. «Se vuole ritorno più tardi...»

«Non è necessario», mi interruppe. «Ha già cenato?»

«Naturalmente no», risposi.

«Allora si accomodi che le faccio servire qualcosa di speciale. Si goda la serata e appena avrò il benestare della mia cliente le racconterò tutto quello che so.»

Me l'aspettavo. Appena guardate le fotografie nei suoi occhi si era accesa una luce che suggeriva che uno di quei volti gli era noto, e non perché lo avesse visto nella cronaca nera del «Decimonono». E poi la prospettiva era allettante e combinava l'utile al dilettevole, quasi mi avesse letto nel pensiero.

Mi accomodai a un tavolo esterno e dopo pochi minuti arrivò il giovane con i capelli lucidi reggendo una lavagna di legno su cui era scritto il menu. Domandai cosa mi consigliava e lui propose i testaroli al pesto.

«Vada per i testaroli», dissi.

«Cosa porto da bere?»

«Acqua minerale e un quarto di vino rosso.»

«Acqua liscia e rosso della casa?»

Annuii e tornai a osservare lo spettacolo della piazza. La luce del tramonto era ancora vivida e una macchia di sole accendeva l'intonaco all'ultimo piano della casa con l'edicola della Madonna. Nel cielo stormi di rondini impazzavano, emettendo acuti stridi di richiamo, inseguite dal volo lento dei gabbiani reali. Di tanto in tanto un gabbiano andava a posarsi su un camino o sulla balaustra di una terrazza e lanciava il suo verso, simile a una risata irriverente, un cachinno rivolto agli umani e alle loro miserie. O forse era lo scorno per non riuscire a star dietro a quei piccoli uccelli neri che sfrecciavano contro l'azzurro alla velocità della luce.

Anche se un po' me ne vergognavo, nel corso delle mie peregrinazioni tra un matrimonio e l'altro anch'io avevo abitato al Carmine per poi lasciarlo e trasferirmi altrove, e non in un altrove qualunque, ma sulla collina di Albaro. Tante chiacchiere e alla fine mi ero ritrovato a fare come i borghesi che mi divertivo a prendere per il culo nei miei romanzi. Ma in quella piazza, non lo nascondo, ci avevo lasciato qualcosa di più che un pezzo di cuore.

Fu lo stesso Armando a servirmi i testaroli. Posò il piatto sul tavolo e si sedette di tre quarti al mio fianco.

«Ho parlato al telefono con Lou», disse. «Ora posso raccontarle tutto.»

«La ascolto.»

Indicò il piatto e aggiunse: «Intanto cominci a mangiare, i testaroli vanno gustati caldi».

«Posso fare entrambe le cose», biascicai mentre gustavo il

primo boccone. Il pesto era preparato a regola d'arte e la consistenza della pasta deliziosa.

«Se la prenda comoda», replicò con un sorriso sornione. «Fra cinque minuti sarà qui.»

«Di chi sta parlando?»

«Della signora Suárez. È a casa e mi ha detto che scenderà subito. Vuole parlare con lei.»

«Magnifico», conclusi convinto.

Tutto mi sarei aspettato fuorché di suscitare nella donna che aveva fatto perdere la testa a due *tombeurs de femmes* come Cesare Almansi e Bacci Pagano il desiderio di fare la mia conoscenza.

Il tempo di finire i testaroli e vidi arrivare a passo spedito una bionda che avrei notato anche se non l'avessi aspettata. Indossava una T-shirt bianca e un paio di jeans. La carnagione era appena dorata da una leggera abbronzatura, ma quello che colpiva erano gli occhi. Due specchi azzurri che sembravano riflettere il cielo. Il cielo di una giornata di giugno quando soffia brezza di scirocco secco.

Mi rivolse un sorriso pallido, quasi indifferente, e mi tese la mano destra. Nella sinistra teneva le chiavi di casa e il telefono cellulare.

«Buona sera», disse. «Lou Suárez.»

«Gian Claudio Vasco», risposi stringendole la mano.

Nonostante fosse piccola e delicata come quella di una bambina, avvertii una presa decisa, quasi virile. Notai che aveva la voce rauca, simile a quella di Mara Sabelli, e mi domandai se per caso Pagano non avesse una predilezione per le donne con la voce che grattava.

«Lei è lo scrittore?» domandò divertita.

«Sissignora.»

Si accomodò alla mia sinistra, di fronte ad Armando che subito le domandò se aveva cenato.

«Sembri mia madre», rispose sbuffando e scuotendo il capo. «Non ho cenato e non ho intenzione di farlo.»

«Allora ti porto un bicchiere di rosso», rispose lui con aria complice. «Giusto così, per ammorbidirti un po'.»

Quindi esplose in una delle sue risate che non avevano niente da invidiare ai richiami dei gabbiani.

La donna mi squadrò e disse: «Ho letto alcuni suoi romanzi».

«Le sono piaciuti?»

«Abbastanza», rispose tiepida.

«Abbastanza da leggerne altri?»

«Probabilmente sì.»

Tagliai corto e le mostrai le fotografie. «Ho chiesto al signor Armando se ha mai visto queste facce...»

«Lasci perdere il signore», disse lui sollevandosi dalla seggiola. Nonostante la stazza si rivelò piuttosto agile. «Questo non è un locale da signori. Tutt'al più, siccome siamo persone educate, quelli li dirottiamo sul mercato.»

Si defilò per andare a prendere il vino e Lou alzò lo sguardo dalle fotografie e attaccò: «Dopo l'attentato, Armando mi ha mostrato il giornale dicendo che qualche settimana prima aveva notato quest'uomo aggirarsi per la piazza», e indicò uno dei due volti. «Mi ha spiegato che era rimasto seduto al bar fino alla chiusura, quindi lo aveva visto aggirarsi per la piazza come se aspettasse qualcuno, ma non aspettava nessuno. Lanciava occhiate curiose verso la birreria. Era la sera in cui Pagano e io siamo andati a bere nel locale di Sammy. Sul momento non ci aveva dato peso, ma dopo che hanno sparato a Bacci si è insospettito e me lo ha raccontato.»

«Lo ha riferito alla polizia?»

«Nessuno è venuto a interrogarlo.»

«Sto parlando di lei: non le è passato per la testa che potesse essere un'informazione rilevante per le indagini?»

«Certo che l'ho pensato.»

«Avrà letto i giornali», la interruppi. «Sa chi è quest'uomo?»

«Certo che lo so», rispose piccata. «Infatti ne ho parlato subito con il dottor Cardini, il sostituto procuratore della direzione antimafia.»

«E non ha informato il dottor Pertusiello?»

«Non vedo perché avrei dovuto», ribatté. «Ho parlato con il magistrato che conduce l'inchiesta. Sarà affar suo informare il capo della omicidi.»

«Cardini persegue la pista mafiosa», dissi scrollando la testa.

«Al momento sembra la più attendibile...»

«Pagano non la vede così.»

Corrugò la fronte e mi scrutò con quei suoi occhi glaciali che dicevano di lei molto più delle parole, della voce raschiante e del sorriso di cortesia. Compresi perché un uomo come Bacci Pagano, così restio a legarsi, si fosse incaponito ad averla tutta per sé. Quello sguardo brillava d'una luce algida che a un tempo attraeva e respingeva, sprigionava interesse e curiosità e lanciava un messaggio inequivocabile che imponeva di mantenere le distanze.

«Non la vede così?» ripeté come se la mia affermazione l'avesse colpita nel profondo.

Arrivò Armando con un calice di vino rosso e borbottò: «Lo metto sul conto, madame?».

Lou gli fece un gestaccio e lui si ritirò compiaciuto nell'ombra della trattoria, senza rispondere.

«Vuol dire», proseguì sempre più seria e concentrata, «che a spararagli non sarebbero stati gli uomini di Morabito?»

«Esattamente.»

«E allora chi...»

Mi chiesi cosa avrebbe fatto al mio posto il detective Pagano. Avrebbe risposto subito alla domanda, formulata con un interesse che rasentava l'apprensione, o si sarebbe comportato, com'è sua abitudine, da consumato giocatore di poker? Lou era scesa in strada pochi minuti dopo la telefonata di Armando, dunque le stava a cuore parlare con me, ma non certo perché ero Gian Claudio Vasco. Era con lui che voleva ristabilire un contatto. Tanto valeva reggerle il gioco e, se Pagano si fosse incazzato, pazienza.

«La 'ndrangheta non aveva alcun interesse a ucciderlo», dissi. «Sapevano bene che l'attentato avrebbe danneggiato i loro affari e limitato i loro movimenti, e lui non costituiva una minaccia.»

«Aveva ascoltato la conversazione tra questo signore», e indicò una delle fotografie, «e la donna di Morabito.»

«Troppo poco per ammazzarlo. A loro interessava bloccare il progetto di legge sui rifiuti e per farlo avevano altri mezzi, tutti legali e assai più efficaci della pistola.»

«E dunque?»

«Bacci è convinto che l'attentato sia collegato all'omicidio di sua sorella.»

Stava iniziando a sorseggiare il vino e si bloccò, come si inceppa un ingranaggio, con il bicchiere sospeso in aria e i grandi occhi sbarrati che mi scrutavano tra stupore e diffidenza.

«Con l'omicidio di Adele?» ripeté.

«Sì. Anche se il nesso non gli è ancora chiaro, pensa che tra i due crimini ci sia un legame.»

Mi guardava incredula, quasi frastornata. «Ma l'assassino di Adele è in carcere...»

«Il giorno dell'attentato era libero.»

«Crede che sia stato lui a...»

«Questo non lo sappiamo.»

Lo sguardo aveva preso a vagare intorno, tra il mercato e l'ultimo sole che coloriva i cornicioni delle case. Nella domanda che seguì percepii qualcosa di oscuro che assomigliava all'angoscia.

Indicò nuovamente la fotografia e domandò: «Perciò questo figuro ci avrebbe pedinato?».

«Forse.»

Rimase in silenzio e sarebbe stato difficile immaginare dove i pensieri la stessero portando. Finalmente riaccostò il bicchiere alle labbra e bevve un sorso. Quando riprese a parlare il tono era cambiato e lasciava trasparire un visibile malessere, una ferita aperta o forse un oscuro senso di colpa.

«Dunque state scrivendo un libro insieme?» domandò.

«Sì», risposi. «Come lo ha saputo?»

Abbozzò un sorriso che mi fece sentire un idiota. «L'idea è stata di Cesare.»

«Già, me ne ero dimenticato», dissi con l'aria di scusarmi. «Quindi saprà di cosa si tratta...»

«E come sta?» mi interruppe.

«A settembre lo opereranno...»

«Questo lo so», replicò con una punta di impazienza. «Ma l'umore? Come sta con l'umore?»

Il suo amante la teneva informata, ma evidentemente c'erano domande che a lui non rivolgeva.

«Non ha deposto le armi e continua a combattere.»

«Allora sta reagendo, non si lascia andare.»

«Non è il tipo, mi costringe a sedute di lavoro a dir poco massacranti.»

«Vi frequentate assiduamente?»

«Ci vediamo ogni giorno a casa sua», risposi. «Perché me lo chiede?»

Stava per dire qualcosa, poi abbassò lo sguardo e l'idea che aveva in mente volò via, rapida e impalpabile come una farfalla.

«Niente», rispose scuotendo la testa. Bevve un altro sorso e la voce si fece cupa, quasi un lamento, e senza guardarmi disse: «Vorrei che me lo salutasse».

«Lo farò volentieri.»

«E che gli dicesse che, nonostante quello che è successo, gli sono vicina.»

«Glielo dirò.»

Fece un'altra pausa e, sempre con gli occhi bassi, aggiunse: «E gli dica anche che mi dispiace. Per tutto».

«Sarà fatto», la rassicurai.

E a stento trattenni una carezza, prima che si sollevasse in piedi e mi stringesse la mano per salutarmi e fuggire via, svanendo come un pensiero, o un desiderio, nella penombra che di colpo era calata sulla piazza.

14.
CARTE TRUCCATE

Lo trovai nell'ufficio, seduto alla scrivania, intento a leggere *I fratelli Karamazov*. Teneva tra le mani il secondo volume e, a occhio e croce, aveva già superato la metà del libro. Intanto lo stereo mandava le note di un concerto grosso di Arcangelo Corelli, il n. 10 in do maggiore, che riconobbi subito per l'allemanda che, con l'allegro, costituisce uno dei capolavori assoluti della musica barocca.

Mi sedetti e avviai il registratore.

«Ci hai dato dentro», dissi indicando il romanzo.

«Con questa gabbia addosso non è facile dormire», rispose. «Devo tenere il busto ritto, circondato di cuscini per non franare quando prendo sonno. Quando gli antidolorifici me lo permettono, leggere mi aiuta a far trascorrere le ore.»

In effetti aveva il volto segnato da occhiaie profonde che, tuttavia, nei giorni precedenti non avevo notato. Mi sorse il dubbio che stesse bluffando e che la lettura, piuttosto che lenirla, per qualche misteriosa ragione fosse la causa della sua insonnia.

«Hai parlato con Armando?» domandò senza staccare gli occhi dal testo.

«Ho fatto di meglio: ho parlato con Lou Suárez.»

Raccolse il segnalibro, lo infilò tra le pagine e chiuse il volume. Quando sollevò lo sguardo mi trafisse con un'occhiata che mi fulminò.

«Che ti è saltato in testa?» ringhiò. «Ti avevo chiesto di...»

«...cercare Armando, lo so. È quello che ho fatto, solo che prima di rispondere alle mie domande lui ha voluto il suo *placet.* Le ha telefonato e dopo cinque minuti me la sono trovata davanti.»

«È venuta in trattoria?»

«Di corsa.»

«E cosa ti ha detto?»

«Un mucchio di cose: che ti è vicina, che le dispiace per tutto e... mi ha pregato di salutarti.»

«Mi riferivo alle fotografie», disse con tono neutro e la solita aria criptica da sfinge imbalsamata.

Non sapevo spiegarmene la ragione, ma sempre più mi si confermava l'idea che quella sarebbe stata una giornata in cui si giocava con le carte truccate. Decisi di assecondarlo e risposi: «Avevi colto nel segno: la sera in cui tu e Lou siete andati in birreria, Armando ha visto l'architetto De Paoli che vi spiava».

Il viso s'illuminò di soddisfazione, ma non gli bastava. «E che altro?»

«Nient'altro.»

«E tu?»

«Le ho spiegato che non credi alla pista mafiosa.»

«E lei?»

«Ha sgranato i grandi occhi cerulei ed è caduta dalle nuvole.»

«Che altro hai detto?»

Ebbi un attimo di esitazione, aspettandomi che si sarebbe nuovamente incazzato, poi sparai: «Che sei convinto che l'attentato sia collegato all'omicidio di sua sorella».

Invece non fece una piega e, mostrando una curiosità ingorda, ripeté: «E lei?».

«È rimasta basita.»

Mi squadrò con aria divertita, da gatto col topo. «Sai che significa?»

«Mi stai facendo un nuovo test?»

«Non è poi così difficile...»

«Significa che il suo amante le ha nascosto qualcosa del vostro ultimo colloquio.»

«Qualcosa?» sbottò con un sorriso storto. «Diciamo l'essenziale.»

«Resta il fatto che De Paoli è legato a doppio filo a Morabito. Potrebbe averti pedinato su ordine del boss.»

«Parli sul serio?»

«Perché no?»

«Per la semplice ragione che Morabito sapeva che lo avrei riconosciuto. Avrebbe mandato un altro dei suoi scagnozzi», disse inarcando le sopracciglia. E concluse lapidario: «È venuto per conto di qualcun altro».

«Coiro?»

«Già: il grande amico di Cesare.»

«A proposito», buttai lì con finta noncuranza. «Ho dimenticato di informarti che Almansi le ha parlato di te.»

«Bontà sua», rispose simulando altrettanto disinteresse.

«L'ha tenuta aggiornata sul tuo stato di salute e le ha anche detto che stiamo scrivendo un libro insieme. Peccato che le abbia nascosto che pensi esista un legame con l'omicidio di sua sorella.»

«Vai avanti.»

«Non sarebbe più logico pensare che sia stato lui a farti pedinare?»

Scoppiò a ridere, una risata forzata, senza divertimento, che aveva lo scopo di ridicolizzare le mie parole. «Lo escludo.»

«Lo escludi?» sbottai. «Sai che ti dico, Pagano? Il tuo atteggiamento verso Cesare è identico al suo verso Gianni Coiro. Non è che l'amicizia ti porta a preservarlo da qualunque sospetto? Che diavolo gliene importava a Coiro di controllare i tuoi movimenti?»

«Sei fuori strada, amico mio», replicò con tranquillità e, per essere più convincente, cominciò a far scorrere lo sguardo sul portapipe. Scelse una pipa di schiuma e, con gesti lenti e calibrati, la prese tra le mani e cominciò a caricarla. «Ti pare che Almansi si affiderebbe a un losco figuro come De Paoli, che conosce a malapena?»

«Non saprei», ammisi.

«L'architetto era il tirapiedi di Coiro: l'ho pedinato per diversi giorni e ho visto con i miei occhi quanto tempo trascorrevano insieme.»

Il rituale del fumo era a buon punto. Infilò la pipa in bocca, accese un fiammifero svedese e cominciò ad accendere il tabacco. La stanza fu subito invasa dall'odore del Dunhill e l'aria si tinse d'una cortina azzurra che lo circondò conferendo alle sue parole un'aura di pacata sicurezza.

«Ma allora perché il senatore ha nuovamente mentito alla sua amante?»

«La ragione è sempre la stessa: proteggere il suo amico.»

«Credi che Coiro fosse a conoscenza della relazione di Cesare con la Suárez?»

«Ne sono certo.»

«Non si parlavano da quindici anni...»

«Quella relazione dura da più di quindici anni.»

«Cesare e Adele, Cesare e Lou: possibile che Coiro fosse sempre informato su tutto?»

«Ci giocherei l'osso del collo», disse indicando le vertebre cervicali.

«Ma se Almansi non si fidava completamente di lui, gli avrebbe mai raccontato di avere una relazione con la sorella di Adele?»

«Non ho detto che glielo abbia raccontato», rispose.

«E come lo ha scoperto?»

«Quando si venera qualcuno, come lui venerava Cesare, si finisce per sapere quasi tutto del proprio idolo.»

«Quasi?»

«Forse un particolare lo ignorava: gli era sfuggito che Lou fosse la sorella di Adele.»

«Ammettiamo che tu abbia ragione», obiettai esasperato, in un estremo tentativo di resistenza. «Resta il fatto che non si vede il perché.»

«Il perché di cosa?»

«Perché Coiro ti facesse pedinare da De Paoli.»

«Sapeva che gli stavo alle calcagna. Era suo interesse conoscere i miei movimenti. Mi ha fatto seguire dal suo lacchè e, casualmente, è venuto a conoscenza del fatto che mi vedevo con Lou.»

«E allora?»

«E allora che?»

«Dove vuoi arrivare?»

Indicò il romanzo di Dostoevskij e, con un sorriso che mi fece venire voglia di prenderlo a schiaffi, rispose: «Alla fine».

«Hai detto che lo leggi per la terza volta, sai benissimo come finisce.»

«Dimmelo tu.»

«Davvero non ricordi?»

«Coraggio, spara.»

«È stato Smerdjakov, il servo.»

«Ha ucciso lui il vecchio Karamazov?»

«Sì, e poi si è impiccato.»

«Una gran brutta fine, povero idiota.»

«Ma non mi hai risposto», dissi al colmo della pazienza. «Credi davvero che Gianni Coiro sia il mandante dell'attentato?»

«Temo di sì», rispose facendosi serio. «Non vedo altra possibilità.»

«E quale sarebbe il movente?»

«Per saperlo dobbiamo parlare con due persone.»

«Una immagino sia Coiro stesso…»

«…e l'altra il mio amico senatore», continuò espirando una lunga boccata di fumo. «A questo punto ci deve qualche spiegazione. Dopotutto l'idea di scrivere questo romanzo è stata sua, no?»

«Cosa ti aspetti che dica?»

«Non saprei, ma perché si ostina a trattare la sua amante come una scema? Vuole farle scontare i propri sensi di colpa o cosa?»

Sentivo che stava trattenendo la rabbia, anche se non era chiaro se questa fosse rivolta verso l'amico o verso la donna di cui si era innamorato. Forse tutti e due. Mi dissi che fino a quel momento l'allemanda l'aveva fatta ballare a me ed era arrivato il tempo di interrompere quel balletto e parlare fuori dei denti.

«Sai cosa penso, Pagano?» dissi conservando il tono più pacato possibile.

«Prego», replicò con un ampio gesto della mano.

«È da quando sono arrivato che ho l'impressione che tu stia bluffando.»

«È vero», ammise con un candore disarmante. «Il fatto è che cerco di adeguarmi.»

«Adeguarti?»

«Certo, amico mio. Faccio quello che, in questa storia, hanno fatto tutti. Non ha forse bluffato Coiro quando sei andato a trovarlo in carcere? E Cesare? Ha barato con noi e con Lou Suárez. E lei, non ha fatto altrettanto con noi?»

«Non capisco.»

«Si è precipitata in strada per parlare con te, e per dirti cosa? Che le dispiace? Che mi è vicina? Perché non l'ha detto a me? Conosce il mio indirizzo e il mio numero di telefono.»

«Mi ha fatto un sacco di domande sullo stato del tuo umore», ammisi. «E mi sono chiesto perché non le abbia rivolte ad Almansi.»

«Ma sai qual è il bluff più insopportabile che sta ammorbando l'aria?» insisté facendosi cupo e stringendo i pugni. «Di gran lunga peggiore di queste mezze verità che ciascuno racconta all'altro? Il bluff *con sé stessi.* Non si può confessare agli altri quello che non si ha il coraggio di ammettere alla propria coscienza. E questa vicenda è tutto un colossale equivoco che si trascina da oltre trent'anni, senza che nessuno abbia trovato la forza di spezzare la catena.»

«Stai affermando che sono tutti in malafede?»

«Non è la parola giusta, la malafede implica un'intenzione esplicita, un atto di volontà. La chiamerei piuttosto ambiguità», disse traendo un profondo respiro. «L'ambiguità è una curiosa disposizione d'animo. Non va confusa con la menzogna e non prefigura possibili reati. Assomiglia alla bruma che offusca la vista e impedisce di vedere le cose nella loro semplicità: l'odio, l'invidia, l'amore e la disperazione si appannano e perdono vigore, fino a diventare vaghe parvenze di cui si può negare perfino l'esistenza.»

«Credo di capire», dissi, «se non fosse che ci stiamo occupando di un omicidio e d'un tentato omicidio. Come si può arrivare a uccidere senza provare odio o disperazione?»

«Se non fossi una delle vittime, forse non oserei affermare quello che sto per dirti: a volte il crimine è il raggio di sole che squarcia la nebbia e mette a nudo la verità. Suona una bestemmia, lo so, ma è così. Bisogna arrivare a compiere un atto estremo, un gesto dal quale non c'è ritorno, per strappare i rapporti umani al copione scontato delle convenienze e della falsa coscienza. Quando punti una pistola contro un tuo simile e trovi il coraggio di premere il grilletto, la maschera cade e puoi finalmente vederti per quello che sei. Sono sicuro che se lo dicessi a Gianni Coiro, lui mi capirebbe. Peccato che altrettanto non farebbe quell'anima bella del suo amico Cesare.»

La pipa si era spenta e, mentre pronunciava quelle parole, la stringeva quasi fosse un talismano, l'oggetto tangibile a cui aggrapparsi per sfidare la sorte che aveva fatto di lui l'oggetto sacrificale del rituale che andava descrivendo.

«Sono andati avanti trent'anni», proseguì rabbioso, «senza vedere che stavano recitando una squallida sceneggiatura già scritta quando portavano i calzoni corti.»

«Squallida?» obiettai. «Se mai tragica.»

«Non può esserci tragedia senza consapevolezza», replicò. «Prendi la storia di Edipo: la peste risulta un accidente, un evento terribile ma casuale, finché l'oracolo non svela il mistero e l'eroe scopre d'esserne responsabile. Solo allora le sofferenze umane vengono riscattate e il dolore perde la sua insensatezza e acquista dignità di tragedia.»

«Eppure tutta la nostra vita è affidata al caso. Esci una mattina e vieni investito da un poveraccio che guidava sovrappensiero dopo avere perduto il lavoro. Anche il nostro organismo si regge su un fragilissimo equilibrio che può saltare da un momento all'altro per un qualsiasi evento accidentale.»

«Oh, certo», ammise con fervore. «La nostra esistenza è insignificante agli occhi dell'universo. Ma proprio per questo dobbiamo sottrarla allo stesso destino quando sono i nostri occhi a guardarla.»

«È la ragione per cui ti sei accanito a scoprire la verità sulla morte di Adele?»

«No», disse stirando un sorriso lento e faticoso. «L'ho fatto per conquistare il cuore di Lou.»

Ripose la pipa nel posacenere e cercò il mio sguardo. Forse temeva di essere frainteso. Infatti si affrettò ad aggiungere: «Ma, come hai visto, non è servito a niente».

15.
UN CONTO APERTO CON LA MORTE

Dopo avere riferito a Pagano del mio incontro con Lou Suárez ero tornato a casa e avevo dedicato il pomeriggio a riordinare il materiale, accingendomi a scrivere il nuovo capitolo del romanzo. Il cielo si era rannuvolato e un'umida cappa di maccaia aveva infradiciato l'aria rendendola irrespirabile.

Rintanato nella penombra dello studio mi ero deciso ad accendere il climatizzatore e avevo lavorato bene fino alle sei della sera.

Avevo riascoltato la conversazione con Pagano su ciò che trasforma la banalità del male in tragedia e, man mano che la trascrivevo sul computer, i miei dubbi crescevano. Il detective aveva affermato che senza consapevolezza il senso tragico dell'esistenza svanisce e non resta altro che bruto, insignificante dolore. Mi domandavo se quest'ultimo, in fondo, non avesse uguale dignità e non meritasse altrettanta considerazione di quello nobilitato dal crisma della coscienza. È possibile stabilire una gerarchia di valore nella sofferenza? E, soprattutto, è lecito farlo sulla base di un criterio discutibile quale la cognizione?

Mi era sorto il sospetto che nel suo ragionamento qualcosa mi fosse sfuggito. Come poteva ignorare il fatto che la sofferenza umana può essere riscattata solo dalla compassione?

Del resto, era questo l'assillo che non gli dava pace di fronte all'idea della morte: temeva di avere indotto le donne della sua vita a erigere muri di silenzio che finivano per lasciare ciascuno alla sua solitudine, nell'impossibilità di condividere il male di vivere. Cos'altro può riscattare il dolore della malattia, della vecchiaia e della morte se non il fatto che ci sia qualcuno che provi con noi lo stesso sentimento?

Stavo rimuginando su questi pensieri quando il telefono aveva squillato. Era lui che mi informava che il giorno successivo non ci saremmo visti.

«Va bene», avevo detto. «Spero che non sia per ragioni legate alla tua salute.»

In realtà quella richiesta mi aveva allarmato. Temevo che si fosse stufato di lavorare al romanzo e che avvertisse il bisogno di muoversi in libertà, come aveva sempre fatto.

«Sto benissimo», aveva risposto con un tono tranquillizzante. «Il fatto è che ci sono novità. Gianni Coiro ha spedito l'avvocato dal mio amico commissario e intende incontrarmi di persona.» Una pausa e aveva aggiunto: «Da solo».

«Come farete se non puoi uscire di casa?»

«Ricordi la storia di Maometto e della montagna?»

«Verrà lui da te?»

«Pertusiello è nato a Ravello, ma quanto a miracoli assomiglia a san Gennaro. Due agenti di custodia lo scorteranno qui domattina alle dieci.»

«Non sembri sorpreso di questa richiesta.»

«L'aspettavo», aveva risposto. «Anzi, la temevo.»

«Avrei giurato invece che la desiderassi. Del resto, alla fine della nostra conversazione in carcere, Coiro è stato chiaro: ha detto che la prossima volta non si sarebbe accontentato di una fotocopia.»

«Perciò la temevo.»

«Non capisco.»

«Non puoi capire», aveva risposto sibillino. «Domani, dopo che avrò parlato con lui, tutto diventerà chiaro.»

Aveva ragione. Temeva quella conversazione perché intuiva quello che Coiro aveva in mente.

Il giorno seguente verso mezzogiorno squillò il cellulare. La voce trafelata di Gina Aliprandi mi comunicò la notizia.

«Sono a casa di Bacci. È successa una cosa terribile, vieni subito.»

Mi precipitai in stradone Sant'Agostino e appena entrato nell'appartamento mi trovai davanti il volto sgomento di

Aglaja ancora umido di lacrime. Con lei c'erano Gina e Zainab che, per quanto sconvolte, si prodigavano per consolarla senza riuscirci.

La casa era invasa da poliziotti in divisa e in borghese. L'ufficio di Pagano era stato isolato con il nastro rosso e bianco e nessuno poteva accedervi, se non gli agenti della scientifica imbardati nelle loro tute bianche. Percepii subito sulla pelle la bestialità che aveva violato l'intimità della casa, lasciando sul parquet di ulivo una macchia scura che forse non sarebbe mai più scomparsa.

Troneggiava su tutti la figura possente del commissario capo che si divideva tra i suoi uomini, ai quali parlava sottovoce come si fa nelle case dove si veglia un morto, e la preoccupazione di stare vicino ai suoi amici. Era pallido come un cadavere e l'espressione del volto denunciava tutta la disperazione per avere richiesto al giudice di autorizzare quell'incontro.

Perché nell'appartamento un cadavere c'era davvero e solo dopo l'accertamento del medico legale, trascorse due ore buone, venne infilato in un sacco di plastica e portato via su una lettiga.

Tutto era successo intorno alle undici, quando in casa c'erano Aglaja, chiusa in camera a studiare, e i due agenti di custodia che si erano accomodati nel soggiorno chiacchierando e sorseggiando il caffè preparato dalla giovane.

Nessuno di loro – né le guardie né la ragazza – era del tutto tranquillo e quando avevano sentito il colpo si erano precipitati nell'ufficio di Pagano come se presentissero che il destino stava compiendo il suo corso. Anche se non sapevano niente di quello che i due uomini dovevano dirsi.

Giovanni Coiro era arrivato puntuale alle dieci del mattino con le manette ai polsi, scortato dai due agenti della polizia penitenziaria. Indossava un vestito azzurro di cotone e una T-shirt bianca attillata che faceva risaltare la pancia prominente. Pagano lo aveva trovato dimagrito rispetto a quattro mesi prima, quando i due avevano cenato insieme in salita San Matteo. Ricordavano entrambi la succulenta cena a base di sushi e sashimi che si era conclusa con la involontaria confessione del costruttore registrata di nascosto dal detective. Le gote apparivano cascanti, le carni flaccide e, nel complesso, aveva assunto un'aria altrettanto malaticcia e sofferente di quella dell'uomo che lo aveva incastrato.

Il detective aveva invitato gli agenti a togliergli le manette, chiesto ad Aglaja di preparare il caffè e domandato a Coiro se ne volesse. Questi aveva risposto di no e, dopo averlo squadrato, aveva borbottato: «Ti sei fatto crescere la barba?».

«Ho bisogno di segni tangibili dello scorrere del tempo.»

«Fossi in te la taglierei», aveva suggerito. «Ti invecchia.»

«Invecchiare è diventata la mia più alta aspirazione», aveva replicato il detective.

Infine, indicandogli la via del corridoio, aveva rassicurato gli agenti dicendo: «Accomodatevi qui in soggiorno, non ne avremo per molto».

I due uomini raggiunsero l'ufficio e Pagano chiuse la porta alle sue spalle. Mentre prendeva posto alla scrivania, spostandosi con movimenti lenti e studiati, Coiro si sedette su una delle poltroncine e cominciò a fissarlo con il suo faccione da bambino infelice, senza dire una parola.

«Questa volta non ci sono trucchi», lo rassicurò il detective. «Questa conversazione non sarà registrata.»

L'altro scoppiò in una fragorosa risata, tanto amara quanto velenosa, e aggiunse che non gliene fregava un cazzo. «Per quanto mi riguarda», disse, «puoi anche registrare tutto. Il tempo dei segreti è finito.»

«Sei sicuro?» replicò Pagano senza staccare gli occhi dai suoi. Si erano lasciati dandosi del tu e a entrambi venne naturale continuare a usarlo. «Allora perché hai voluto incontrarmi da solo?»

«Perché quello che devo dirti è importante e di te mi fido.»

«Dopo che ti ho fregato una volta?»

«L'ho già spiegato al tuo amico scrittore. Non te l'ha riferito?»

«Che cosa?»

«Non ti porto rancore, hai fatto il tuo lavoro e sei stato leale verso un amico che non ti ha ricambiato con la stessa moneta. Proprio come me.»

Parlava con voce monocorde, incolore, quasi che tutto gli risultasse indifferente.

«Hai ammazzato la sua ragazza e gli hai raccontato un sacco di balle. Tu saresti quello leale?»

A Coiro sfuggì un ghigno torvo e distolse lo sguardo. Sembrava aspettarsi quelle parole – e anche le altre che sarebbero seguite – come se in cella avesse mentalmente anticipato ogni passaggio della conversazione.

«Scriverete un libro su questa storia?» domandò con l'aria di cambiare discorso.

«Lo stiamo già scrivendo.»

«E dentro ci metterete anche me?»

«Sei uno dei protagonisti.»

«Mi fa piacere», disse tornando a fissare il detective. «Allora preparati a scrivere l'ultimo capitolo: siamo arrivati al colpo di scena finale.»

«Ti ascolto», rispose tranquillo Pagano.

«Possibile che tu non ci sia ancora arrivato?» domandò con una luce cattiva negli occhi e una smorfia di disprezzo. «Ho seguito le tue imprese sui giornali e come investigatore ti facevo più sagace.»

«Forse sto invecchiando. E questa gabbia che indosso non mi aiuta.»

«Mi dispiace di averti ridotto così», replicò l'altro a bruciapelo.

E rimase in silenzio, aspettando la reazione del detective.

«Fin qui c'ero arrivato», rispose lui mantenendo lo stesso tono pacato. «Sapevo che eri stato tu.»

«Non avevo mai rubato un'automobile», disse. «Mi sono fatto aiutare da un amico fidato ed è stata un'esperienza eccitante. Ti ho seguito quando sei andato alla festa per l'elezione di Almansi, all'osteria della Lanterna, ti ho visto parlare con la bionda e quando sei tornato verso casa... *pum! pum!*»

«Hai sparato tu?»

«Sicuro», rispose con un sorriso puerile. «Non sono il tipo che si affida a sicari, e tu sai bene perché.»

«Guidava De Paoli, vero?»

Socchiuse gli occhi e agitò la mano nell'aria. «Che importa? De Paoli o un altro non fa differenza. Il punto è che sono stato io a spararti.»

«Che vuoi dire?»

«Vedi che ho ragione? Non ci sei ancora arrivato.»

«Anche Adele Semeria l'hai ammazzata con le tue mani.»

«Sì, la sorellina del tuo amore», disse facendo boccuccia. «Tuo e del nostro amico senatore.»

Pagano sentiva la rabbia montare e si chiese se in condizioni normali, senza l'imbragatura che gli impediva i movimenti, non si sarebbe alzato per prenderlo a pugni. Ma rimase impassibile, in silenzio, aspettando che proseguisse.

«Vedi che non capisci? Ti ho detto che non assumo sicari...»

«...perché il sicario saresti tu?»

«Complimenti!» gli fece eco Coiro con una sorta di folle baldanza. «L'hai capito finalmente.»

«Vuoi farmi credere che hai ucciso su commissione?»

«La prima volta», rispose scrollando nuovamente le spalle. «La seconda ho mancato il colpo e, se devo dirti la verità, sono contento di avere sbagliato.»

«Perché?»

«Perché quel bastardo del nostro amico non mi aveva informato di nulla. Quando ti ho inseguito per ammazzarti ignoravo che avessi registrato la nostra conversazione al ristorante e non sapevo che poche ore prima *lui* era andato a deporre in procura contro di me.»

«Vi siete parlati?»

«È venuto a casa mia alle due della notte, come un ladro, e mi ha fatto credere che *tu* fossi deciso a denunciarmi per l'omicidio della ragazza. Ha detto che avevi le prove e mi ha spiegato la storia della pietra e del buco sull'asfalto, che io ignoravo. Era anche astioso verso di te perché sospettava che volessi soffiargli l'amante. Sai, è molto preso dalla bionda: sono almeno vent'anni che quei due se la spassano in segreto e lui è ancora innamorato come un ragazzino. Insomma, mi ha chiesto di dimostrargli la mia amicizia. Come potevo accontentarlo, secondo te?»

«Quando?»

«Quando cosa?»

«Quando è venuto?»

«Non ricordo esattamente, qualche giorno dopo il nostro incontro al ristorante.»

«Ti ha chiesto di farmi pedinare?»

Rimase interdetto, come se non si aspettasse quella domanda. «Perché me lo chiedi?»

«Rispondi: te lo ha chiesto?»

«Sì», borbottò esitando.

«E tu lo hai fatto?»

«Sì, l'ho fatto.»

«E hai mandato il tuo tirapiedi, quello che guidava il SUV?»

«Come lo sai?»

«Vuoi sapere come lo so, figlio di puttana?» rispose Pagano alzando la voce. «Non hai appena detto che sono un investigatore *sagace*?»

«Lo sei davvero?»

«Dunque hai voluto vedermi da solo per dirmi che Cesare è un assassino?»

«Non potevo certo confessarlo a quello scrittore che mi hai spedito in prigione...»

«Perché *a me*, Coiro?»

«E a chi altri?»

«Alla polizia e al magistrato.»

«La sera in cui abbiamo cenato insieme mi hai detto che non credi nella giustizia.»

«E allora?»

Si sforzò di sorridere, componendo un risolino che non risultasse fasullo. Forse perché negli occhi di Pagano leggeva disgusto e un gelido scetticismo, la sua principale preoccupazione sembrava che il detective non gli credesse.

«Sai che ti dico? Se non lo capisci, come poliziotto non vali un cazzo.»

«Non sono un poliziotto.»

«Quello che sei, allora.»
«Spiegamelo tu.»
Coiro trasse un profondo respiro e socchiuse gli occhi in segno di condiscendenza.
«In questa vicenda», attaccò, «c'è una domanda che nessuno sembra essersi fatto, nonostante sia quella fondamentale. Che cosa poteva indurre Cesare a tenersi dentro per trentatré anni un segreto così pesante?»
«L'amicizia che ti ha sempre portato.»
«Una spiegazione nobile», rispose con rabbia, «ma, ahimè, totalmente sbagliata. Se davvero fosse stato mio amico, il giorno delle elezioni non mi avrebbe denunciato.»
«Gli ho fornito una prova inoppugnabile: non aveva scelta.»
«Poteva insabbiare tutto.»
«Sapeva che, se non l'avesse fatto lui, ti avrei denunciato io», disse Pagano ostentando una convinzione che in cuor suo non provava.
E, d'un tratto, un lampo gli attraversò la mente e capì. E appena comprese, i suoi timori divennero certezza di quello che sarebbe accaduto.
«Mi avresti accusato di un delitto vecchio di trent'anni? Tu, che ti sei fatto cinque anni di galera e non credi nella giustizia?»
«Non l'avrei fatto per la giustizia, ma per Lou.»
«Vuoi farmi credere che per conquistare una donna avresti rovinato la carriera di un amico verso il quale avevi un debito di gratitudine? Il padre di Cesare ti ha fatto assolvere e non ha voluto una lira. Non la bevo, Pagano.»
«Però, se hai tentato di uccidermi, tre mesi fa l'hai bevuta.»
«Te l'ho detto che ho sbagliato: infatti non sei stato tu a denunciarmi.»
«Eppure l'avrei fatto.»
«Sarà il tempo a smentirti.»
Man mano che parlava, le sue parole sempre più confermavano nel detective l'idea che quella conversazione sarebbe finita in tragedia. E anche lo scopo della visita di Coiro gli era ormai divenuto chiaro.

«Cesare mi ha usato, raccontandomi un sacco di balle», disse Pagano.

«Lo ha fatto anche con me, ma io gli sono sempre stato fedele.»

«Noi due siamo diversi, Coiro.»

«Meno di quello che credi, e te lo dimostrerò.»

Non aveva terminato la frase che scattò in piedi con un'agilità inaspettata. Aggirò la scrivania e si portò dietro il detective. Afferrò la testa di Pagano come se fosse un pallone e questi, con un senso di repulsione, avvertì sulla pelle il contatto dei suoi palmi freddi e sudati.

Seguì un silenzio che durò un'eternità. Coiro era bolso e debilitato, ma sarebbe bastato un minimo movimento di torsione per creare danni che nessun chirurgo avrebbe mai potuto riparare.

«Hai paura?» disse infine.

«No», rispose calmo Pagano.

«Eppure hai un conto aperto con la morte.»

«Perciò non ho paura: ci ho fatto il callo.»

«Hai capito finalmente perché sono venuto?»

«Sì.»

«Sentiamo: perché?»

«Volevi consegnarmi un segreto e mettermi alla prova.»

«Proprio così: metterti nei panni miei e del nostro amico senatore e vedere se assomigli a lui o a me.»

«Il fatto che sia diverso da Almansi non significa che sia uguale a te.»

«Quello che sei è affar tuo, Pagano», replicò con voce atona. «Non mi riguarda più.»

«Dunque è stato Cesare a chiederti di uccidermi.»

«Ingannandomi per la seconda volta.»

«Eh, già», confermò il detective. «Trent'anni fa voleva farti credere che io conoscessi Adele Semeria e adesso ti ha nascosto che era in possesso di una prova schiacciante e che ti avrebbe denunciato.»

«Chi trova un amico trova un tesoro.»

«Però non è vero che ti ha fregato due volte.»

Avvertì nelle mani gelide appoggiate sul suo volto una sorta di tremore, lo stesso che gorgogliò nella voce di Coiro mentre rispondeva: «È vero, sapevo benissimo che tu e la ragazza non vi eravate mai visti».

«Te l'ha detto lei?»

Gli uscì un verso stridulo, insulso, che forse voleva essere una risata e confermò: «È stata la prima cosa che le ho chiesto quando siamo saliti in macchina».

«Come ti sei procurato la pistola?»

«La pistola?»

«Quella con cui mi hai sparato.»

«I miei soci occulti hanno a disposizione un intero arsenale. È bastato chiedere.»

«E ti hanno fornito una Beretta calibro 9.»

«Forse uguale alla tua. Perché tu hai una pistola, non è vero?»

«Non qui», rispose il detective mentendo.

«Bugiardo», disse Coiro. Con la mano sinistra lo afferrò sotto il mento, in modo che non potesse muoversi né opporre resistenza, e con la destra prese ad aprire i cassetti della scrivania. Quando tirò l'ultimo, in fondo, la vide riposta nella custodia di cuoio.

«Eccola», disse trionfante.

La afferrò e, lasciata la presa dal mento di Pagano, in un attimo la estrasse dalla fondina, tolse la sicura e caricò il colpo in canna. Dalla familiarità con cui la maneggiava il detective trasse conferma che davvero era stato lui a spararargli.

Aggirò la scrivania e tornò a sedersi su una delle poltroncine. Ora lo teneva sotto tiro e Pagano fu colto dal terrore che, per qualche ragione, Aglaja o gli agenti si affacciassero alla porta.

«Vuoi farmi un favore?» disse in tono conciliante.

«Sentiamo», replicò Coiro, sul cui faccione bovino si era dipinta un'espressione di beatitudine simile alla sazietà.

«Di là c'è mia figlia: chiudi la porta a chiave senza farti sentire.»

Sorrise, si alzò ed eseguì. Quando tornò al suo posto osservò la pistola e poi il suo interlocutore, in attesa che parlasse.

Pagano sostenne lo sguardo e si accorse di avere la camicia fradicia. Quindi disse: «Anche tu hai mentito».

«Io?»

«Al mio amico Vasco, in prigione: quando l'hai uccisa, tu già conoscevi Adele Semeria.»

16.
RIVELAZIONE

«L'avevo incontrata qualche volta a casa di Cesare», rispose come se stesse affermando un'ovvietà. «Erano compagni di università e studiavano insieme.»

Pagano cercò il suo sguardo per cogliere una reazione e domandò: «Ma sui loro rapporti sapevi molto di più».

«Io sapevo *tutto*», disse con la soddisfazione di chi può finalmente vuotare il sacco.

«*Tutto* cosa?»

«Che avevano una relazione segreta e che quella pazza non gli dava pace. Era gelosa marcia e lo assillava con continui sospetti, scenate e interrogatori.»

«E lui non ne poteva più.»

«Perciò quella notte l'aveva attirata in discoteca. Aveva preparato il piano con lucida determinazione. Quando si erano visti nel pomeriggio aveva buttato lì che la sera sarebbe andato al Covo di Nord Est con gli amici, mantenendosi sul vago e lasciandole intendere che ci sarebbero state altre ragazze. Lei era una sprovveduta, non sapeva niente del mondo e c'è cascata come una pera. Cesare mi aveva preavvertito che sarebbe arrivata e quando, intorno alle due, l'ho vista entrare mezza sconvolta, mi ha preso male. Sapevo quello che lui mi avrebbe chiesto di fare.»

«Cosa ti ha chiesto esattamente?»

Prima di rispondere la sua faccia tonda e liscia si atteggiò a un'espressione corrucciata e gli occhi si fecero languidi come quelli di un manzo al macello. «Non avevo ucciso nessuno, prima di allora.»

«Ti chiese espressamente di ucciderla?»

«Mi *ordinò* di farlo: "Toglimela dai coglioni", disse.»
«Questo non significa che intendesse ammazzarla.»
«Ah, no? Al tuo puzzle manca qualche pezzo, detective. Erano mesi che si sentiva in gabbia, prigioniero di una situazione senza vie di uscita. Ripeteva che la ragazza era troppo dipendente da lui per lasciarla, che avrebbe fatto qualche sciocchezza finendo per metterlo in difficoltà, ma che doveva liberarsene *a qualsiasi costo*. Non la sopportava più e aveva finito per odiarla. Anche perché c'è un particolare che non puoi conoscere: alcuni giorni prima aveva visto Katia abbracciata a un altro ed era rimasto sconvolto. Si era accorto di amarla ancora e avrebbe fatto *tutto il possibile* per riaverla.»
Quelle parole fecero su Pagano lo stesso effetto di una doccia gelata. L'ipotesi che aveva costruito con pazienza e ostinazione, mettendo insieme sottili congetture, brandelli di frasi, bugie conclamate e mezze verità crollava di colpo come un misero castello di carte.
Almansi gli aveva mentito, spudoratamente, per la seconda volta.
«Come lo hai saputo?» chiese cercando un appiglio, qualcosa a cui aggrapparsi prima di chiudere definitivamente i conti con l'amico di un tempo.
Coiro si avvide del suo turbamento e si lasciò sfuggire un ghigno di trionfo. Nelle sue parole fremeva un empito di soddisfazione quando, con visibile piacere, rispose: «Prova a indovinare».
«Te l'ha detto lui?»
«Eravamo amici», confermò gonfio di boria. «E tra due amici non ci sono segreti.»
A Pagano mancavano le parole e le forze per controbattere gli argomenti di Coiro. Si sentiva un idiota e si domandava quale assurdo legame, quale sentimento lo avesse inchiodato a un passato che non c'era più – e forse non c'era mai stato – al punto di impedirgli di vedere una verità tanto elementare. Il *mandante* dei due crimini era lui, il suo amico senatore.
Aveva perfino dimenticato che l'uomo che gli aveva spa-

rato era lì, dall'altra parte della scrivania, con una pistola carica in pugno, e che avrebbe potuto servirsene per tentare di fuggire, seminando altro sangue. Ma in cuor suo sapeva che non era quello l'epilogo che Coiro si era prefigurato.

Alzò gli occhi e si accorse che l'altro lo fissava, e sul suo volto glabro luceva un'esaltazione che aveva qualcosa di malato, di folle. Anche il tono con cui parlò fremeva di un'insana eccitazione.

«Ora capisci», domandò, «perché non mi ha denunciato e se n'è stato zitto per trent'anni?»

«Sì», rispose con un filo di voce. Si sentiva svuotato.

«La palla passa a te, detective», continuò l'altro con fare spavaldo. «Vantandoti di essere diverso da Almansi e da me hai commesso un imperdonabile peccato di orgoglio. Ti sei sopravvalutato, perché adesso non hai scappatoie e ti toccherà scegliere tra l'amicizia e l'onore, o quel che diavolo sia.»

«Ero convinto», disse infine per farlo tacere, «che avresti portato qui soltanto insinuazioni: merce taroccata per vendicarti del tuo amico...»

«Invece ti ho portato *la verità*», esultò Coiro.

Sudava e la mano che impugnava la Beretta tremava. Posò gli occhi sull'arma e un bagliore sinistro gli attraversò lo sguardo.

«Dammi quella pistola», ordinò Pagano facendo un estremo sforzo su sé stesso. «E dimmi cosa vuoi che faccia.»

«Segui quello che suggerisce il tuo cuore. Denuncialo e rovinalo o mantieni il segreto per sempre. Non si può conservare la coscienza immacolata senza credere nella giustizia. Ma a te importa davvero della purezza della tua coscienza? O non credi piuttosto che ci sia qualcosa per cui valga la pena compromettersi?»

«Per esempio?»

«L'affetto e la gratitudine per un amico al quale sei legato da quarant'anni.»

«Di un amico o di un *assassino*?»

Scrollò le spalle e gli uscì una smorfia di disgusto. «Nella tua vita hai ucciso anche tu, e più di una volta.»

«È vero.»

«E dunque, prenditi le tue responsabilità. Sei solo, Pagano. Nessuno può aiutarti.» Fece una pausa e aggiunse: «Vuoi sapere perché ho voluto incontrarti di persona?».

«Credo di saperlo, Coiro.»

«Lo credo anch'io, ma mi toglierò lo stesso la soddisfazione di dirtelo.»

Senza accorgersene il detective si accarezzò la barba – quasi un gesto scaramantico per cacciare cattivi presagi e opprimenti certezze – e le dita avvertirono che era diventata folta e morbida. Quel contatto non lo rassicurò come avrebbe sperato, ma gli strappò l'ombra di un sorriso al pensiero della propria ingenuità. Coiro aveva ragione, si era sopravvalutato e aveva voluto ignorare che non era più quello di un tempo e che anche un grassone flaccido con la faccia da bambino triste poteva ridurlo all'impotenza.

«Lo trovi divertente?» domandò Coiro.

«No», rispose il detective facendosi serio. «Stavo pensando che il tempo è condizione necessaria ma non sufficiente per rimettere le cose a posto.»

«Ricordi la nostra conversazione a cena?» attaccò l'altro come se non avesse sentito, seguendo il filo del suo copione mentale. «Anche se non immaginavo che stessi registrando, una cosa alla fine mi è stata chiara: *tu mi avevi capito*. Mentre tornavo a casa, calpestando la neve immacolata che imbiancava le strade deserte, ho pensato che forse non mi era mai successo di trovare qualcuno che mi leggesse dentro come hai fatto tu. Certo, hai preso una bella cantonata quando hai ricostruito la dinamica dell'omicidio attribuendolo a un raptus erotico, ma anche in quel caso hai colto nel segno affermando che la ragazza mi aveva fatto sentire un rifiuto umano. Non faceva che parlare di lui, sempre e solo *di lui*, come se io non esistessi.»

Fra il naso e le labbra si erano rapprese alcune gocce di sudore e il volto aveva assunto un'espressione di spasmodica frenesia.

«Mi sono chiesto», proseguì, «come diavolo avessi fatto a vedere tutto questo nel tempo necessario a consumare un piatto di sushi. Poi ho pensato alla tua storia: sei figlio di un operaio, hai bruciato cinque anni della tua vita in carcere, hai conosciuto l'umiliazione di non essere creduto e di non sentirti nessuno e, infine, hai ucciso altri uomini. Tu sostieni di averlo fatto per difenderti – e sarà sicuramente così – ma uccidere ti cambia la vita. Dopo che l'hai fatto, niente è più come prima. Non sei d'accordo con me?»

Pagano confermò e intanto lo ascoltava imbambolato, incapace di staccare gli occhi da quelli vacui e sporgenti di lui. Lo ascoltava e pensava al da farsi, cercava un'idea che apparisse risolutiva, quasi il bastone da infilare nella ruota del destino per fermare il suo corso.

«Bene», replicò soddisfatto Coiro. «Quindi puoi immaginare cosa significhi portarsi dentro per trent'anni il peso di avere ucciso una povera ragazza.»

Pagano percepì con fastidio, o forse rammarico, il fatto che ancora una volta non avesse chiamato Adele con il suo nome.

«E, se non lo immagini, ora imparerai. Finalmente capirai quanto sia faticoso custodire un segreto che, per lealtà verso un amico, dovrai portare con te nella tomba.»

Sentiva che doveva fermarlo, a qualunque costo, ma l'impresa gli sembrava fuori della portata delle sue forze.

«Non fare cazzate, Coiro», azzardò. «Non ho nessuna intenzione di denunciarti. Al processo confermerò la tesi del raptus e tra qualche anno sarai fuori.»

«Dunque davvero non ti frega un cazzo della giustizia?»

«Alla fine dell'estate forse sarò morto.»

«E permetteresti che *lui* la faccia franca?»

«Tu, piuttosto, vuoi perderti lo spettacolo del mio tormento?»

«Non hai proprio capito», rispose Coiro con voce gelida e lo sguardo allucinato. «A me non importa più niente di niente.»

Fu un attimo. Sollevò la Beretta e la infilò in bocca.

Pagano si alzò di scatto dalla poltrona e riuscì appena a gridare: «No!».

Il rumore del colpo riempì la stanza con la tassatività degli eventi preparati da tempo perché risultino ineluttabili, definivi. Non vide neppure il fiotto di sangue che schizzò nell'aria dalla nuca dell'uomo. Avvertì l'odore della cordite, udì il rumore metallico del bossolo che impattava sul parquet e poi il tonfo sordo del corpo che ricadde all'indietro, trascinando con sé la poltroncina.

I colpi sulla porta e le grida di Aglaja lo scossero da uno sbigottimento che non era risveglio da un incubo, ma sgomento raggrumato nel petto alla presa d'atto d'una realtà il cui epilogo aveva presentito dal primo momento. E che non aveva saputo evitare.

Girò la chiave e aprì la porta e per prima cosa abbracciò la figlia in lacrime, sperando invano di chiudere con il proprio corpo violato la vista di altra violenza, di un nuovo oltraggio consumato a pochi passi dalla sua stanza.

«Calmati, Aglaja», le sussurrò portandola via. «Sono qui, non mi è successo niente.»

Andarono in soggiorno e sedettero sul divano. Subito dopo li raggiunsero i due agenti, pallidi in viso, e domandarono cosa fosse accaduto. Con voce inespressiva Pagano spiegò per sommi capi che Coiro lo aveva aggredito e si era impadronito della pistola.

«Tutto quello che sono riuscito a ottenere», disse, «è stato che chiudesse a chiave. Temevo che qualcuno di voi si affacciasse alla porta.»

Più tardi ripeté la stessa versione a tutti quelli che trovarono il coraggio di rivolgergli la domanda.

Per l'intero pomeriggio l'appartamento pullulò di poliziotti. Intorno alle due arrivò il dottor Cardini della direzione distrettuale antimafia, insieme al sostituto procuratore Sampietro, alle tre l'amico René il *crêpiste*, detto il Capitano, e mezz'ora dopo Giuliano Rivoli, caporedattore del «Decimonono», che fu lasciato entrare in qualità di amico di Pagano e non perché era un giornalista. Il senatore Almansi non si fece vedere e solo più tardi apprendemmo che era a Roma. La sua telefonata giunse intorno alle cinque, seguita dalla comunicazione che avrebbe preso il primo treno per Genova.

Per tutto il tempo il detective rimase seduto sul sofà, le mani aperte sulle cosce e lo sguardo assente puntato sul pavimento. Solo di tanto in tanto lo sollevava, come in preda a un'angoscia improvvisa, alla ricerca della figlia.

In quel trambusto fu il capo della omicidi a prendere l'iniziativa e, prima che arrivassero i magistrati, gli chiese di parlargli in privato. Si chiusero nella camera di Aglaja e restarono in piedi in mezzo alla stanza, uno di fronte all'altro.

Pertusiello lo guardò fisso negli occhi e domandò: «Che ti ha detto?».

«Le solite cose», rispose con voce piatta. «Niente di nuovo.»

«Le solite cose, eh?» replicò scettico il commissario. «E allora perché ha voluto vederti da solo prima di ammazzarsi?»

«Forse per farmela pagare.»

«Mannaggia a me che ho convinto il giudice!» gridò battendosi la tempia. «Dovevo impedirlo!»

Pagano rispose che anche lui si sentiva colpevole, che fin dal principio aveva intuito le intenzioni di Coiro e tuttavia aveva mancato di prendere le dovute precauzioni. Ma non fece parola di quello che il suicida gli aveva raccontato. La sfida velenosa di quest'ultimo cominciava a produrre i suoi effetti.

Solo più tardi mi disse che c'era in quella messinscena qualcosa che non lo convinceva e perciò aveva deciso di prendere tempo.

La sua colpa era accresciuta dal fatto che l'amico Pertusiello, violando il segreto istruttorio, gli aveva riferito ogni particolare dell'indagine e lui lo contraccambiava nascondendogli la verità.

Il commissario, che lo conosceva bene, decise di non insistere. Lo vedeva così provato che non se la sentì di sottoporlo a un interrogatorio. Solo quando stavano per uscire, stringendo la maniglia della porta e senza guardarlo in faccia, disse: «Toglimi almeno una curiosità».

«Dimmi», replicò il detective.

«È stato lui a spararti?»

«Se mi prometti di tenerlo per te...»
«Hai la mia parola.»
«Dammi ventiquattr'ore e ti racconterò tutto.»
«Affare fatto.»
«Sì, è stato lui.»
Il commissario stava per chiedere: "Perché?" quando decise di rispettare i patti e aspettare.
Tornò al suo lavoro e Pagano raggiunse Aglaja, che nel frattempo stava parlando con Gina e con me. Le cinse le spalle e ripeté: «Mi dispiace, mi dispiace davvero». Quindi domandò: «Hai telefonato alla mamma?».
«Sì», rispose lei. «Ma non preoccuparti: le ho raccontato che quando è successo non ero in casa.»
«Hai mentito?»
«Ho detto che ti eri assicurato che fossi all'università.»
Quelle parole, ricordandogli implicitamente quello che avrebbe dovuto fare e non aveva fatto, gli fecero male e andarono ad aggiungersi al pieno di sensi di colpa che aveva accumulato in quella maledetta giornata.
«E lei?» chiese ancora.
«Tra poco sarà qui.»
Clara arrivò dopo mezz'ora, trafelata e con l'angoscia dipinta sul viso, dove un trucco sobrio non riusciva a cancellare le lacrime che lo avevano rigato. Era bella ed elegante e si atteggiava come una donna in carriera alla quale la carriera non ha fatto dimenticare che il lavoro non rappresenta una priorità assoluta della vita. Indossava un tailleur chiaro, una collana di perle e scarpe con il tacco alto. Notai che portava spesso il dito medio tra i capelli, con un gesto automatico, spingendoli dietro le orecchie e mettendo in mostra due orecchini di perle uguali a quelle della collana. Forse intimidita dalla presenza di tanti poliziotti, non fece scenate e dopo avere abbracciato stretta la sua bambina si rivolse a Pagano con un tono affettuoso che suonava sincero.
«Come stai?» chiese.
«Come vuoi che stia... Stamattina un uomo si è sparato in bocca nel mio ufficio.»
«Poteva sparare a te», disse allarmata.

«No», rispose criptico Pagano. «Aveva già dato.»

Stava per replicare ma, forse mossa da tenerezza verso l'uomo che era stato suo marito e che vedeva così prostrato e privo di energie, imbragato nella sua gabbia metallica, si limitò a scuotere il capo e sospirare: «Bacci, non cambierai mai».

Chiese ad Aglaja se voleva stabilirsi per qualche tempo a Chiavari, ma la giovane oppose un rifiuto categorico.

«Papà ha bisogno di me», rispose risentita.

Se ne andò dopo due ore trascorse a parlare fitto fitto con la figlia, alla quale la legava una profonda intimità e che continuava a guardare con un misto di affetto e nostalgia, quasi le dispiacesse che non fosse più la bambina di un tempo. Si intrattenne anche con l'amica Gina Aliprandi, con cui condivideva solide memorie di gioventù e una ritrovata complicità fomentata dalla figlia Aglaja, e cercò di scambiare qualche parola anche con Totò Pertusiello.

Gina ci presentò e Clara si mostrò felicemente sorpresa di fare la mia conoscenza. Fu allora che appresi che lavorava come addetta alle pubbliche relazioni in una casa editrice. Prima di lasciarci salutò l'ex marito, il quale ricambiò con un sorriso pieno di gratitudine, e prese da parte Aglaja raccomandandole di avere cura del padre.

Seduto sul sofà, immobile come una statua, Pagano continuava a tacere, chiuso in sé stesso e indifferente a quanto gli accadeva intorno.

Alle sette della sera la casa cominciò a svuotarsi. Pertusiello ci lasciò a malincuore e promise che sarebbe tornato il giorno successivo. La scientifica chiuse l'ufficio con i sigilli e di quanto era successo rimasero l'orrore, una macchia scura sul parquet e un foro nel muro, sopra la porta che si apriva sulla sala d'aspetto, dal quale era stato estratto il proiettile che aveva ucciso Gianni Coiro.

Zainab aveva preparato la cena e si era defilata. Anche Gina stava per andarsene e io mi accingevo a seguirla quando Bacci si scosse e mi lanciò un'occhiata che era un misto di disappunto e sorpresa.

«Ma come?» disse. «Più tardi verrà Almansi. Vuoi scriverlo o no, questo romanzo?»

Nell'appartamento che appariva deserto rimanemmo noi tre – il detective, sua figlia e il sottoscritto – e la giovane prese ad apparecchiare la tavola.

«Posso aiutarti?» domandai.

«Grazie», rispose, «è già tutto pronto.»

La cena era ottima. Polpettone di bietole e spinaci, formaggi e uno squisito vino Nobile di Montepulciano invecchiato otto anni. Pagano mangiò pochissimo e svogliatamente, mentre Aglaja e io ci facemmo onore. La giovane masticava ogni boccone tenendo un occhio puntato sul cellulare. Durante il pomeriggio aveva squillato un'infinità di volte indicando SMS in arrivo. Mentre eravamo a tavola la cosa si ripeté e lei afferrò il telefono e lesse il messaggio. Suo padre la guardò senza commentare.

Allora Aglaja prese l'iniziativa e disse: «È sempre lui».

«Lui chi?» domandò Pagano.

«Il cattivo affare», rispose con un sorriso. «Il musulmano che non dovrei frequentare. È a Treviso e quando ha saputo quello che è successo si è preoccupato. Mi avrà mandato trenta messaggi.»

«E cosa ci fa Essam a Treviso?»

«Non sai che da sei mesi lavora in un ristorante del Molo?»

«Certo che lo so.»

«Il ristorante partecipa a una fiera enogastronomica che durerà tutta la settimana e hanno mandato lui e altri due ragazzi.»

«*Eno*-gastronomica? Non dirmi che servirà calici di Valdobbiadene agli infedeli più alcolisti d'Italia! Se l'imam viene a saperlo si incazzerà come un cinghiale.»

«Essam fa il cuoco, non il barista.»

«E se gli tocca di cucinare la lepre in salmì, cosa ci mette al posto del nebbiolo, succo d'ananas?»

«Ascolta, pa'», ribatté Aglaja facendosi di colpo seria. «Mi hai preso per scema? Ho capito benissimo che Essam ti piace e con le tue provocazioni mi vuoi spingere nelle sue braccia.»

«E se anche fosse?»

«Non mi ritieni abbastanza matura da decidere di chi innamorarmi?»

Pagano rimase interdetto da quella brusca virata di tono, al punto che rispose: «Con tutto quello che fai per me, potrei forse ritenerti immatura?».

«A volte, invece, ho l'impressione che sia così. Quando si tratta di amore e sesso mi tratti come un'analfabeta.»

«Non ne parli mai, Aglaja...» replicò con un tono che suonava quasi di scusa.

«Perché, tu alla mia età ne parlavi con i tuoi genitori?»

Rimase in silenzio, a pensare e a ricordare, e il pensiero e il ricordo disegnarono sul suo volto un'espressione di sconcerto. Infine disse: «Hai ragione: no, non ne parlavo».

Ma Aglaja sembrava già essersi pentita di averlo attaccato su un terreno tanto delicato. Si alzò da tavola e borbottò qualcosa che non afferrai, forse «non importa» o «scusa». E cominciò a sparecchiare.

Si vedeva che era stanchissimo. Due profonde occhiaie scure conferivano allo sguardo una luce ancora più tetra. Mi domandai perché avesse voluto che rimanessi e la risposta arrivò di lì a poco, non appena Aglaja si ritirò nella sua stanza.

Fu allora che mi raccontò per filo e per segno tutto l'accaduto, compreso l'accordo stipulato con il suo amico commissario. Aveva bisogno di condividere con qualcuno quell'inferno senza compromettere il proseguimento dell'indagine. L'attesa di Almansi era solo un pretesto.

Infatti, quando gli domandai che cosa si proponeva di fare con il senatore, rispose: «Assolutamente niente. La versione di Coiro non mi convince del tutto e ho bisogno di tempo. Gli ripeterò quello che ho detto agli altri, non una parola di più».

E quando intorno alle undici il vecchio compagno di liceo, provato anch'egli dalla stanchezza e dal dolore, si materializzò nel salotto, Bacci Pagano mantenne la parola ed espresse all'amico una vicinanza e un calore che, nonostante quello che Coiro aveva raccontato di lui, suonavano autentici, sinceri.

Infine, verso mezzanotte, ci congedò entrambi.

17.
DILEMMA

Il giorno seguente mi alzai prestissimo per trascrivere il dialogo tra Pagano e Gianni Coiro così come il detective me lo aveva raccontato. Lavorai sodo quattro ore di fila e alla fine stampai una bozza che ficcai nella cartella, ripromettendomi di fargliela leggere subito.

Si era fatto tardi e decisi di spostarmi con lo scooter. A tarda notte era scoppiato un violento temporale e aveva rinfrescato l'aria, ravvivando le facciate dei palazzi con colori smaglianti che il sole del mattino rendeva ancor più luminosi.

Posteggiai sul ponte di Carignano e quando raggiunsi l'appartamento di stradone Sant'Agostino venne ad aprire Aglaja con gli occhi pesti di sonno. Dopo avermi salutato mi informò che il giorno dopo avrebbe sostenuto l'esame.

«Affronterai il giudizio di un austero filologo romanzo?»

«Sì», confermò. «Credo di essermi preparata a sufficienza.»

«In bocca al lupo.»

Stava per infilare il corridoio quando, appoggiando il peso del corpo su una gamba, si arrestò e disse: «Però è curioso, non trova?».

«Che cosa?»

«Sembra che in casa nostra le lauree si prendano solo in prigione.»

«Ti senti in prigione come tuo padre?»

«In un certo senso», rispose con un sorriso malinconico. «Anche se non so quale sia il mio ruolo, se guardia o detenuta.»

«Forse tutt'e due.»

«Forse», ripeté prima di scomparire nella sua stanza.

Pagano uscì dal bagno e mi venne incontro con un aspetto da zombie che faceva paura. Il volto terreo, due occhiaie ancora più incavate della sera precedente e gli occhi scuri che avevano perduto la loro lucentezza e spiavano torbidi attraverso le fessure delle palpebre. Indossava un accappatoio azzurro di spugna e dava l'impressione di essersi appena svegliato.

Per prima cosa mi informò che il lunedì successivo Aglaja avrebbe dovuto recarsi dal magistrato inquirente per rilasciare la sua deposizione sul suicidio di Coiro. Lo disse con un'aria così desolata che mi venne da distrarlo con una buona notizia.

«Mi ha appena detto che domani sosterrà l'esame.»

«Lo so», rispose. «A colazione abbiamo parlato. Si è preparata con scrupolo e prenderà il solito trenta e lode.»

Sistemai il registratore sul tavolo del soggiorno e lo feci partire. Quindi estrassi i fogli scritti al mattino e dissi: «Qui ci sono le bozze del tuo colloquio con Gianni Coiro».

«Anche tu ti sei preparato», commentò ironico.

«Lampi e tuoni non mi lasciavano dormire e mi sono messo a lavorare.»

«Io non ho chiuso occhio tutta la notte», farfugliò. «Il dolore alla testa non mi ha dato tregua.»

«Ieri deve essere stato terribile...»

«La mia idiozia è stata terribile», grugnì con rabbia. «L'avevo intuito e non ho preso nessuna contromisura per evitarlo.»

«Come potevi immaginare...»

«Non ti ho forse detto», mi interruppe alzando la voce, «che temevo questo colloquio? Non aveva altra ragione per venire qui.»

Indicai i fogli impilati sul tavolo. «Voleva parlare con te.»

«Sì, parlarmi e poi ammazzarsi.»

«Davvero l'avevi previsto?»

«Come Smerdjakov», rispose seguendo il filo dei suoi pensieri.

«Il servo di Ivan Karamazov?»

Si guardò intorno ed ebbe un moto di stizza. «Mi hanno interdetto l'accesso all'ufficio e ci toccherà lavorare qui.»

Mi venne in mente che, il giorno in cui l'avevo conosciuto, Aglaja mi aveva riferito che stare in ufficio lo faceva sentire meno morto. Era il luogo del suo lavoro e ora gli era impedito di accedervi.

«Quando toglieranno i sigilli?» domandai.

«Quando il magistrato deciderà di confermare l'ipotesi del suicidio e archiviare. Ho chiesto a Pertusiello di stargli alle calcagna perché si dia una mossa.»

«Nessuno si sognerà di fare opposizione.»

«Io!» tornò a gridare. «Sono io che dovrei fare opposizione.»

«Vuoi attribuirti un'altra colpa?»

«Mi sono comportato come se fossi quello di *prima* e non il goffo robot di porcellana che sono diventato, quello che anche un bambino potrebbe spezzare senza sforzo.»

«Ti rimproveri di avere lasciato la pistola nel cassetto?»

«Non è la pistola», controbatté con un sospiro. «Siamo al quinto piano e si sarebbe buttato dalla finestra.»

«Voleva parlarti da solo, che altro potevi fare?»

«Ammanettarlo al calorifero.»

«E perché non lo hai fatto?»

«Vuoi la verità, Vasco?» disse con gli occhi dilatati e la disperazione che gli gorgogliava in gola. «Temevo che, se lo avessi fatto, non mi avrebbe detto niente.»

«E probabilmente avevi ragione.»

«Probabilmente», confermò. E con un ruggito di esasperazione domandò: «Possibile che non ci fosse altra moneta che la morte per ripagare la sua confessione?».

Fino a quel momento aveva continuato ad aggirarsi per il soggiorno come un'anima in pena. Si avvicinò alla cucina e chiese: «Ci facciamo un caffè?».

«È quello che ci vuole», risposi sperando di sedare la sua inquietudine. «Abbiamo ventiquattr'ore di tempo e poi dovrai raccontare tutto al commissario.»

L'idea del caffè – o forse la prospettiva di cominciare a lavorare – sembrò concedere una tregua alla sua angoscia. Caricò la moka e accese il fornello. Quindi con passi lenti mi raggiunse al tavolo e si sedette.

«Cosa pensi di fare?» domandai.

«Non so», rispose scorrendo i fogli che avevo portato, senza leggerli.

«Hai ancora qualche dubbio?»

«Una vagonata di dubbi.»

«Credi che abbia mentito?»

«Eccome», rispose convinto.

Ripensai alla sollecitudine che aveva mostrato la sera precedente verso il suo amico senatore e mi venne da dire: «Certo che Coiro ha ottenuto il suo scopo: ti ha inchiodato a un dilemma senza vie di uscita».

«Sei uno scrittore di *crime stories*?» replicò agitando i fogli che teneva tra le mani. «Dunque mostrami quanto sei bravo. Cosa ti suggeriscono queste pagine?»

«Sai già la risposta.»

«Sono stato sveglio tutta la notte e, nonostante le fitte che mi spaccavano il cervello, anch'io ho lavorato. Ti sembra che la versione fornita da Coiro stia in piedi?»

«Mostra qualche falla, ma nel complesso tiene.»

«Falla?» domandò con impazienza. «Quale?»

«Il fatto che Almansi lo abbia denunciato getta un'ombra sulla tesi del delitto su commissione. Se davvero gli avesse chiesto di ucciderti, perché sarebbe andato in procura a deporre *prima* che Coiro ti sparasse?»

«Non gli avevo lasciato scelta: gli ho consegnato una prova definitiva e l'ho minacciato di informare Lou.»

«Ma non lo avevi ancora fatto e se ci avessi lasciato la pelle nessuno avrebbe mai saputo la verità sull'omicidio Semeria.»

«Poteva nutrire il dubbio che avessi dato una copia della registrazione a qualcuno.»

«Magari alla stessa Lou Suárez?»

Gli sfuggì un sorriso che allo sconforto accompagnava una sfumatura di sarcasmo. «Sei fuori strada, Vasco. La conosciamo entrambi e di una cosa eravamo certi: lei non avrebbe aspettato la fine della campagna elettorale per denunciare Coiro.»

«Allora a qualcun altro, magari un poliziotto.»

«Così è più plausibile», acconsentì.

«Nel dubbio, era meglio denunciare Coiro, no? È vero che questi avrebbe potuto raccontare tutto per vendicarsi, ma quanto può valere la parola di un imprenditore in odore di mafia contro quella di un avvocato integerrimo, paladino delle cause più nobili? Cosa avrebbero pensato i suoi elettori?»

«Che contro di lui era scattata la macchina del fango», rispose prontamente.

«Esatto. Del resto Cesare conosceva i sentimenti del suo amico e avrebbe potuto recuperare la situazione senza sforzo.»

«Come?»

«Per esempio, assumendone la difesa nel processo. Dopo avergli spiegato che non poteva evitare di denunciarlo, gli avrebbe offerto il suo patrocinio.»

«Non gli ha offerto niente, altrimenti Coiro non si sarebbe ucciso. Hai parlato con lui, hai visto la sua delusione e il suo odio come li ho visti io.»

«Forse a Coiro non è bastato.»

«I miseri si accontentano di poco», sentenziò con amarezza. «È possibile che lui aspettasse dal suo amico un segnale, qualcosa che non è arrivato: come spiegare altrimenti il fatto che in questi mesi ha taciuto? E che, quando si è deciso a parlare, si è confidato con me?»

«Dove vuoi arrivare?»

Prese a lisciarsi la barba e rivolse lo sguardo verso il soffitto, dando l'impressione di lottare per conservare la mente lucida. «"Distruggo la mia vita di mia volontà e per mio desiderio, non accusate nessuno."»

Riconobbi immediatamente quelle parole, anche perché anch'io, spinto dalla curiosità, ero tornato a leggere il romanzo di Dostoevskij.

«Il biglietto lasciato da Smerdjakov prima di impiccarsi», dissi.

«Il servo ha ucciso il vecchio Karamazov nella convinzione di interpretare il desiderio e la volontà di Ivan, il suo padrone», confermò. «Quando questi lo ha smentito, non ha potuto fare altro che suicidarsi.»

«E tuttavia Ivan si è sentito responsabile di quanto è accaduto, al punto di ammalarsi.»

«Ha riconosciuto di avere favorito il disegno omicida, ma ha agito *inconsapevolmente.*»

«Sarebbe questa la tua spiegazione di quanto è successo in questi anni?»

La caffettiera cominciò a borbottare. Mi alzai e andai ai fornelli per spegnere il fuoco.

«Per favore, chiedi ad Aglaja se ne vuole», disse Pagano.

Bussai alla porta della stanza e attesi la risposta della giovane. Era alla scrivania e stava studiando, seduta nella solita postura, con una gamba ripiegata sotto il sedere.

«Vuoi una tazza di caffè?» domandai. «Ti aiuterà a concentrarti.»

«Volentieri», rispose.

Stavo per tornare in cucina quando mi richiamò indietro.

«Dottor Vasco», disse senza guardarmi, la voce venata di imbarazzo, «non vorrei che avesse frainteso quello che le ho detto prima.»

«Lascia perdere il dottore: Vasco è sufficiente. Alludi al discorso sulla prigione?»

«Stiamo vivendo una situazione pesante, che comporta qualche sacrificio. Ma sono stata lontana da mio padre dieci anni e per nulla al mondo rinuncerei a stargli vicino in un momento come questo.»

«Capisco», risposi. «Anche se non sono molti i figli che si comporterebbero come te.»

«Forse dipende da quello che hanno ricevuto.»

«E da come sono stati educati. Tuo padre non fa che esaltare i meriti di tua madre.»

«Lo so», replicò con un sorriso senza convinzione. «Lui non lesina riconoscimenti alle sue donne dopo averle lasciate. Peccato che se ne accorga sempre troppo tardi.»

Servito e bevuto il caffè – che Aglaja consumò rintanata nella sua stanza – riprendemmo il lavoro.

«La denuncia», proseguì Pagano scrutando il fondo della

tazza vuota, «lascia qualche dubbio. Ma non è la crepa più grossa.»

«Quale sarebbe la crepa più grossa?»

Inforcò gli occhiali e prese a scorrere il testo che avevo scritto, finché trovò il punto.

«Coiro ha affermato che Almansi è andato a trovarlo alle due di notte e lo ha informato che io avevo le prove della sua colpevolezza. Su mia insistenza ha ammesso che, fra le altre cose, gli avrebbe chiesto di farmi pedinare. Gli ho domandato quando sarebbe successo e lui, dopo avere tentennato, a malincuore ha risposto: "Pochi giorni dopo il nostro incontro al ristorante di salita San Matteo". Ha mentito e si è accorto d'essere incappato in un errore. Armando ha visto De Paoli in piazza del Carmine la sera in cui sono andato in birreria con Lou, cioè due settimane prima della cena con Coiro. Questo significa che lui mi stava alle calcagna senza che Almansi lo sapesse.»

«Credi che sia tutta una bufala?»

«Lo crederei», disse agitando le braccia con i pugni serrati. «Ma c'è un punto su cui non può avere mentito.»

«Già», confermai. «Come poteva sapere che Cesare aveva visto Katia se non da lui stesso?»

«Senza questo particolare tutta la sua costruzione crollerebbe», disse il detective.

Quello che gli si leggeva in faccia era qualcosa di più che rammarico, come se l'innocenza del suo amico gli stesse a cuore sopra ogni altra cosa.

Nella sua follia Coiro aveva messo a punto un congegno infernale al quale era impossibile sottrarsi.

«Ma se Cesare ci ha mentito, se davvero si è confessato con Coiro e lo ha istigato a uccidere Adele», disse in un crescendo di furia e repulsione, «se sotto quella faccia pulita nasconde l'anima di un assassino, potrebbe avere fatto la stessa cosa con me.»

«Per paura di perdere Lou?»

«O per gratitudine verso il servo fedele che ha ammazzato *per lui*.»

«Quindi, dopo che tu gli hai consegnato la prova della

colpevolezza del suo amico, sarebbe andato a casa di Coiro alle due di notte?»

«Non riesco neppure a immaginarlo.»

«Tuttavia non lo ha denunciato subito, ha preso tempo, accampando il pretesto della campagna elettorale. Forse cercava una scappatoia che in realtà non esisteva e alla fine è stato costretto a sporgere denuncia.»

«Se fosse così non lo avrebbe abbandonato a sé stesso come invece ha fatto.»

«La tua amicizia ti porta a cancellare troppi dati di realtà.»

«Anche avere interrotto i rapporti per quindici anni è un dato di realtà», disse alzando nuovamente la voce. «Fare un simile torto al complice di un delitto non è un buon affare. Anche il dolore e l'indignazione che ho letto nei suoi occhi quando gli ho portato la registrazione sono un dato di realtà. Anche quarant'anni di battaglie condotte con coraggio, perdio, sono un cazzo di dato di realtà, o no? Cesare un assassino? Non ci crederò mai!»

«E allora come spieghi il fatto che Coiro...»

«Sapesse di Katia?» mi interruppe furioso. «*Deve* esserci un'altra spiegazione.»

«E come trovarla ora che lui è morto?»

Teneva gli occhi bassi, ostinatamente muto, come un bambino testardo che non vuole ammettere di avere torto di fronte a un'evidenza lampante, incontestabile.

«E se lo chiedessi ad Almansi?» lo provocai.

Di colpo sollevò lo sguardo e mi lanciò un'occhiata dove ardeva nuovamente la luce.

«Non ad Almansi», rispose con un sorriso carico di speranza. «A Katia.»

18.
NESSUN MAGGIOR DOLORE...

La casa di Almansi non era più quella di quarant'anni prima, quando Pagano l'aveva conosciuto e insieme avevano preparato, con alterna fortuna, la maturità classica e la rivoluzione. L'attico della circonvallazione a monte da cui si dominava l'universo e, nelle terse giornate di tramontana, si scorgeva tra mare e cielo il puntino scuro della Corsica era rimasto nella memoria del detective circonfuso dall'aura del mito e insieme scolpito quale tangibile attestazione dell'esistenza delle classi sociali. Un po' come i *Grundrisse* di Carlo Marx.

Ora il senatore abitava pochi tornanti sotto il forte di Righi, in una villetta d'epoca affondata in un verde grasso e sontuoso, acceso dal sole di mezzogiorno, e accessoriata di torre e veranda con vetrata policroma e giardino che effondeva fragranze di pitosforo e gelsomino, dalla quale si continuava comunque a vedere l'universo e il puntino scuro della Corsica.

«Nessuno sa che Coiro mi ha parlato di Katia», aveva detto Pagano. «Di questo siamo sicuri.» Si era alzato in piedi e aveva aggiunto: «Dobbiamo incontrarla subito, senza che Cesare lo sappia».

«Non è possibile», avevo obiettato. «Se la invitiamo qui, la prima cosa che farà sarà dirlo al marito.»

«Saremo noi a farle visita.»

«I medici ti hanno vietato di uscire, potrebbe essere pericoloso.»

«Per raggiungere quella maledetta clinica dall'altra parte

del mondo dovrò pur muovermi», aveva replicato. «Non vorranno trasferirmi all'aeroporto in ambulanza.»

«Vuoi andarci... ora?»

«Subito.»

«Non sarebbe meglio telefonarle?»

«Per capire se qualcuno dice la verità devo guardarlo negli occhi.»

Aveva indossato un paio di jeans e una camicia pulita e, quando si era affacciato sulla porta della stanza di Aglaja per avvertirla, non immaginava che cosa lo aspettasse.

«Cos'è questa novità? Sei diventato matto?»

«Un'oretta e sono di nuovo a casa.»

«Non capisci che basta che inciampi o scivoli o urti qualcuno...»

«Prenderemo un taxi.»

«Io me ne sto qui tutto il santo giorno per accudirti e tu...»

«Un po' d'aria mi farà bene.»

«Per poco ieri non mi cacci nel mezzo di una sparatoria, e adesso te ne vuoi andare in giro?»

«Vado in una casa distante un chilometro da qui.»

« I medici sono stati chiari: divieto *assoluto* di uscire.»

«Quelli esagerano sempre.»

«Se esci da quella porta non mi vedrai più», aveva dichiarato la figlia in tono ultimativo.

«Non dire sciocchezze», aveva replicato il detective. «Restarmene qui a tormentarmi non giova di sicuro alla mia salute.»

Compose il numero del radiotaxi e si assicurò che inviassero una monovolume dove, imbragato com'era nello scafandro ortopedico, gli sarebbe stato più agevole imbarcarsi. Scendemmo con l'ascensore e l'operazione di percorrere i pochi gradini che lo separavano dal portone si rivelò piuttosto complicata. Si attaccò al mio braccio e a ogni scalino tastava con il tallone quello precedente in modo da appoggiare correttamente il piede. Anche prendere posto nel taxi non si rivelò un'impresa semplice. Entrò nell'abitacolo procedendo all'indietro, come i gamberi, con movimenti lenti guidati dalla mia voce.

Durante il breve viaggio che ci trasportò attraverso le vie del centro fino al viale alberato della circonvallazione a monte e poi su, lungo i tornanti di via Piaggio, arrestandosi davanti al cancello di una villetta in stile liberty che avrebbe fatto la felicità di Biancaneve e i sette nani, la faccia cupa di Pagano era diventata ancora più cupa. Il pensiero di avere lasciato Aglaja a casa in lacrime andava ad aggiungersi agli altri cento motivi per cui si sentiva in colpa e rischiava di far tracimare il vaso di Pandora dei suoi rimorsi.

«Speriamo di non trovare il senatore in casa», azzardai.

«Se anche fosse, chiederò a Katia di chiudersi in una stanza con noi.»

«E pensi che lui lo permetterà?»

«Spero che sia lei a permetterlo», concluse. «Con lui vanto qualche credito e guai se si azzarda a protestare.»

Conclusa la macchinosa impresa di scendere dal taxi, pagai l'autista e suonammo il campanello. Dalle scale del giardino sbucò un grosso labrador nero abbaiando come una furia. Poco dopo comparve la padrona di casa in tenuta da lavoro – maglietta bianca macchiata di terra, calzoni corti e ciabatte infradito – e richiamò il cane.

«Ludwig, buono!»

Subito l'animale prese a mugolare e le andò incontro tutto scodinzolante.

Attraverso il cancello Katia riconobbe Pagano e il suo volto abbronzato e rugoso si illuminò d'uno stupore che lasciava trapelare piacere e forse anche affetto.

«Bacci! Che ci fai qui?» domandò mentre faceva scattare l'apertura pigiando un pulsante infrattato in mezzo ai tralci d'una sfarzosa bouganvillea. «Cesare mi ha detto che non puoi uscire di casa.»

«Ciao, Katia», rispose il detective. «Sono venuto per parlare con te.»

«Con *me*?»

Entrammo e l'impaccio della gabbia ortopedica non impedì a Pagano di afferrare con trasporto le mani della donna che al liceo lo aveva fatto sognare. I capelli grigi tagliati cortissimi, la carnagione bruciata dal sole e il fisico tonico e asciutto mostravano il residuo fossile della sua antica bellezza. Gli occhi, d'un verde vivo venato d'azzurro, rivelavano un fondo di tristezza e parevano sforzarsi di mettere a fuoco persone e cose senza riuscirci.

«Ludwig?» domandò Pagano, piegandosi goffamente in avanti e accarezzando il labrador che aveva preso ad annusarlo senza smettere di scodinzolare. «Suona per caso il pianoforte?»

«Beethoven non c'entra», replicò lei scuotendo il capo. «È stato nostro figlio Alessandro a chiamarlo così. È un accanito cinefilo e Visconti è uno dei suoi registi preferiti.»

«Il giorno che prenderò un cane lo chiamerò Jep.»

«Jep?»

«Jep Gambardella», commentò il detective. «Mia figlia Aglaja va pazza per *La grande bellezza* di Sorrentino.»

Quindi mi presentò: «Lui è Gian Claudio Vasco, lo scrittore».

«Katia Airoldi», rispose stringendomi la mano. «È un onore conoscerla, ho letto quasi tutti i suoi romanzi. Era tempo che qualcuno raccontasse al mondo la nostra bella città.»

«Al mondo? In verità sono tradotto solo in Germania.»

«Anche Genova fatica a farsi conoscere», rispose. «Ma è solo questione di tempo.»

Salimmo lentamente in casa con Pagano che stringeva il mio braccio come fosse un'assicurazione sulla vita, tallonati dal labrador sempre più eccitato. Katia ci fece accomodare in un piccolo salotto arredato come la cabina di un vecchio piroscafo, immerso in una confortevole penombra.

«Gradite un caffè, un aperitivo?» domandò rimanendo in piedi in mezzo alla stanza.

«Dov'è Cesare?» replicò Pagano.

«È uscito presto per andare all'obitorio», rispose facendosi seria. «Quello che è successo è spaventoso.»

Pagano la invitò a sedersi vicino a lui.

«Sono qui per questo. Prima che torni vorrei farti qualche domanda.»

La donna non mostrò né curiosità né diffidenza e si accomodò sul divano accanto a lui con naturalezza, quasi fossero ancora i compagni di scuola di un tempo. Ludwig la seguì e finì per allungarsi con il muso sui mocassini di Pagano.

«Quanti anni sono passati», attaccò il detective ansimando, seduto di tre quarti in modo da poterla guardare in faccia. «Eppure è bastato incontrare Cesare per far riaffiorare un mondo di ricordi, quelli belli e quelli che avremmo voluto dimenticare.»

«Quante volte mi sono detta che non avrebbe dovuto cercarti! E l'ho detto anche a lui, e mi ha dato ragione...»

«Lascia perdere», la interruppe con una smorfia che forse era fastidio, forse provocata dalla fatica del viaggio. «È andata così, non gliene faccio una colpa. Quello che mi interessa è scoprire se, prima di ammazzarsi, Gianni Coiro mi ha detto la verità.»

«Non so se posso aiutarti, ma dimmi...»

«Forse sei la sola persona che può farlo», replicò Pagano, continuando a parlare con un tono affettuoso, dove la nostalgia del passato suonava disperato antidoto contro le brutture del presente. «Qualche tempo prima che Adele Semeria venisse uccisa, quando lei e Cesare stavano insieme di nascosto, lui ti incontrò per caso: eri abbracciata a un altro e la cosa lo lasciò sbigottito. Evitò di farsi vedere e cambiò strada, ma in quel momento comprese che ti amava ancora.»

Mi aspettavo che a quelle parole sul volto vizzo di Katia si accendesse un sorriso, il pallido segnale che l'affetto aveva resistito all'erosione del tempo e ancora palpitava nel chiaroscuro d'una relazione che durava da quarant'anni. Invece le sue labbra stanche e screpolate si contrassero in una piega amara, addolorata. Guardava Pagano in silenzio, in attesa che proseguisse.

«Lo hai mai saputo?»

La donna trasse un respiro sofferto e rispose quasi a stento: «Sì, l'ho saputo».

«E ricordi come e quando?»

«Certo che ricordo», disse senza staccare lo sguardo da quello concentrato di Pagano. «Certe cose non si dimenticano. Ma se non fossi tu a chiedermelo e non capissi che per te è importante, preferirei non parlarne. Non puoi immaginare quanto sia... pesante.»

"*Nessun maggior dolore che ricordarsi del tempo felice ne la miseria*", pensai. I poeti sì che sanno vedere lontano.

«Scusami», sussurrò Pagano. «Ma tutto quello che è successo in questi mesi assume un significato differente a seconda di quello che risponderai.»

«Eravamo a Monterosso», attaccò lei con visibile sforzo, «nella casa dei genitori di Cesare. Doveva essere la notte di Capodanno del 1986, lo ricordo perché ero incinta di Mario, il nostro primogenito. Cesare aveva bevuto qualche bicchiere ed era esaltato, felice come non lo avevo mai visto. A un certo punto mi ha preso la mano e mi ha detto qualcosa del tipo: "Devo confessarti una cosa, Katia. Se fino a oggi non l'ho fatto è perché c'è stata di mezzo quella terribile tragedia" – alludeva alla morte di Adele Semeria – "ma questo è un giorno troppo importante per noi ed è giusto che tu sappia", e mi ha raccontato l'episodio.»

La penombra della stanza non ci impedì di accorgerci che i suoi occhi verdi venati di azzurro erano diventati lucidi.

«Eravate soli o c'era qualcun altro?» insisté Pagano.

«Non eravamo soli. Dopo il racconto Cesare assunse un tono solenne, di quelli che usava in tribunale per risultare più convincente, e dichiarò: "Davanti all'amico più caro che ho, mi sia testimone che non voglio offendere la memoria di nessuno: nella vita si commettono molti errori, ma di una cosa sono certo, io non ho mai smesso di amarti".»

Forse era la rabbia a impedire che scoppiasse in un pianto dirotto.

«L'amico era Coiro, vero?»

«Sì, lui», rispose con disprezzo. «L'assassino di Adele.»

«E dimmi una cosa», incalzò il detective scandendo le parole. «Ricordi come reagì Coiro?»

«In che senso?»

«Quello che fece, o che disse.»

Si sforzava di assecondare la curiosità del detective, ma si capiva che per lei quello era un dettaglio marginale, privo d'importanza.

«Cesare gli aveva posato una mano sulla spalla e lui fece altrettanto.»

«Ma secondo te lui lo sapeva già?»

«Che cosa?»

«Che Cesare ti aveva vista abbracciata a un altro.»

Rimase in silenzio a pensare, poi di colpo il ricordo affiorò, lo sguardo si accese e rispose convinta: «Non poteva saperlo».

«Perché?»

«Perché ebbe un gesto di stizza e rivolto al suo amico disse: "Sei il solito bastardo", e non scherzava, anzi pronunciò quelle parole con astio e con aria offesa, come se avesse subito un torto mortale. Tanto che Cesare gli chiese che cosa intendesse e lui replicò con una battuta che non compresi, del tipo: "Sarò anche il tuo amico più caro, ma questa è la seconda volta che mi nascondi la verità". Quando più tardi domandai a Cesare che cosa volesse dire, mi spiegò che non aveva mai parlato a Coiro della relazione con Adele Semeria.»

Il volto di Pagano era mutato di colpo. Lo sguardo, fino a quel momento spento e velato da una tetraggine amplificata dall'insonnia e dallo sforzo di raggiungere la villa, aveva acquistato vivacità e aveva cominciato a impadronirsi dell'ambiente circostante, come se tutt'a un tratto si accorgesse di trovarsi in un boudoir arredato come la cabina di un battello a vapore.

Allora decisi di intervenire, e lo feci quasi sottovoce, temendo di incrinare l'intimità che si era creata tra loro. «A lei Cesare aveva raccontato la verità su quella notte?»

«Mi aveva detto della relazione segreta con Adele, ma non sapevo che al Covo ci fossero anche Bacci e Gianni Coiro, e tantomeno che quest'ultimo l'avesse accompagnata a casa.»

«Quindi lo ha scoperto solo dopo l'indagine di Pagano.»

«Sì», rispose. «Perché me lo chiede?»

«Non l'ha sorpresa il fatto che per trent'anni suo marito si sia tenuto dentro un segreto così ingombrante?»

Lanciò un'occhiata a Pagano, poi al labrador addormentato sulle sue scarpe, quindi rivolse l'attenzione verso la finestra dove la luce spioveva a fiotti sul lucido parquet di legno. Il suo spirito sembrava cercare una via di fuga, e non soltanto dalla mia domanda. Forse era la piega presa dalla sua vita a starle stretta.

Pagano dovette cogliere al volo e, con perfetto tempismo, disse: «Ho saputo che hai fatto un viaggio nell'America del Sud».

«A febbraio sono andata in Patagonia», rispose con un tono distante, più remoto della Patagonia stessa. Ma non volle sembrare scortese e tornò a prestarmi attenzione. «Mio marito è un maestro nel tenere i segreti», aggiunse.

«Ha idea del perché lo abbia fatto?»

Nuovamente lo guardo si perse, ci osservava attraversando i nostri corpi come fossimo evanescenti, esangui ectoplasmi sospesi nel limbo della memoria.

«L'amicizia tra Cesare e Gianni», scandì con l'aria smarrita, «per me è sempre stata un mistero impenetrabile. Avvertivo quanto tenace fosse il loro legame, anche nei quindici anni in cui non si sono frequentati. Sentivo la loro complicità come una minaccia, un buco nero dove non ho mai voluto spingermi a guardare. Non provavo gelosia perché episodi come quello che ho raccontato si sono ripetuti altre volte e lasciavano intendere che non era solo l'affetto a unirli, ma qualcosa di oscuro: sottintesi, sospetto e forse paura. Gianni sembrava ossessionato dal timore che Cesare lo disprezzasse e, nello stesso tempo, faceva il possibile per guadagnarsi il suo disprezzo. Non mi è mai piaciuto, e Cesare lo sapeva, anche se non ho mai trovato il coraggio di dirglielo. Covava dentro qualcosa che mi spaventava: qualche volta mi è capitato di pensare a lui come l'anima nera di Cesare, il contraltare perverso della sua onestà e del suo generoso idealismo.»

Fece una pausa e, quando riprese, nel tono risuonava una nota di avvilimento.

«I fatti mi hanno dato ragione», disse. «Davvero un'amara consolazione.»

In quel momento Ludwig aprì gli occhi e si sollevò sulle

zampe come scosso da un richiamo tassativo e incoercibile. Prese ad abbaiare e si precipitò verso l'uscita.

Anche Katia ebbe un sussulto, si sfregò le mani sui calzoni e scattò in piedi.

«È arrivato Cesare», disse con un filo di apprensione. «Sarà stupito di trovarvi qui.»

Almansi irruppe nel boudoir facendosi guidare dal cane come un cacciatore durante una battuta. Indossava un completo scuro, scarpe nere e camicia bianca. Sul suo volto aleggiava lo stesso sgomento della sera precedente, acuito dalla sofferenza indotta dallo spettacolo a cui aveva assistito all'obitorio.

Appena vide Pagano sgranò gli occhi per la sorpresa e subito si accigliò.

«Sei impazzito?» disse senza salutare nessuno.

Al contrario di qualche giorno prima, quando era venuto a visitare l'amico a casa, esibiva un'abbronzatura che dava alla pelle una lucidità esotica e gli conferiva l'aspetto di un ricco, affascinante uomo d'affari mediorientale appena uscito dall'atelier di uno stilista milanese.

«Hai trascorso il weekend in barca a vela?» lo sfotté il detective di rimando.

«E tu vuoi lasciarci la pelle prima del tempo?»

«Perché ti agiti tanto?» replicò tranquillo Pagano. «Secondo il tuo amico Coiro è quello che speri.»

«Che cazzo dici?» rispose con rabbia. «Non sfidare la sorte e finiscila con le pagliacciate.»

«Parlo sul serio.»

Incrociai gli occhi di Katia e vi colsi un crescente allarme, un'ansietà che stava diventando panico.

«Devi ringraziare tua moglie», proseguì Pagano con voce ferma, ma mantenendo il tono tranquillo. «Le sue parole hanno tolto a me ogni dubbio e te dalla merda.»

«Possibile che tu...» sbottò Almansi agitando scompostamente le braccia.

«Perché questa volta, Cesare, non te l'avrei perdonata e ti avrei mandato dritto in galera.»

«In galera?» gridò il senatore, tentando di far uscire un

sorriso che gli abortì sulle labbra. «E cosa avrei fatto per meritare di finire in galera?»

«Te l'ho detto», continuò il detective. «Devi ringraziare Katia perché, se io avessi dato ascolto *al tuo amico*, al mio posto avresti trovato la polizia.»

Almansi lanciò un'occhiata interrogativa alla moglie che lo ricambiò con un'espressione altrettanto interrogativa. Quindi chiuse gli occhi, trasse un respiro profondo e deglutì. Pagano compì una goffa rotazione del corpo e carpì quell'incrocio di sguardi alla ricerca d'una conferma che lo rassicurasse e spazzasse via ogni incertezza.

«Hai letto *I fratelli Karamazov*?» domandò.

Il senatore lo osservò come se fosse diventato matto. «Il romanzo di Dostoevskij?»

«Proprio quello.»

«Tanto tempo fa», rispose incredulo. «Ma cosa diavolo...»

«Dunque non lo ricordi bene e ti serve una rinfrescatina.»

«Vengo dall'obitorio dove ho visto il volto sfigurato del mio amico e tu...»

«È proprio di lui che voglio parlarti. Un bell'amico davvero.»

«Non capisco», replicò cercando di ritrovare il suo aplomb.

«Mettiti seduto e ascoltami», disse il detective indicando il posto dove poco prima sedeva Katia. «Voglio raccontarti la storia di Ivan Karamazov e del suo servo Smerdjakov.»

19.
LETTERATURA E VITA

Pagano si rivolse a Katia e la invitò a prendere posto sulla poltrona libera, accanto a quella dove sedevo io.

«Ivan Karamazov è un personaggio grandioso e tormentato», attaccò il detective. «Professa la propria mancanza di fede e insieme è affamato dal bisogno di credere. Sentimento e ragione ingaggiano in lui un conflitto titanico, senza che l'autore prenda partito per l'uno o per l'altra. Smerdjakov, il servo della famiglia, figlio naturale del vecchio Karamazov, ammira svisceratamente Ivan per la sua intelligenza, ma nella sua sordida semplicità fraintende il suo messaggio e lo traduce nell'idea che senza la fede tutto è permesso. Smerdjakov confonde il piano del desiderio e quello della realtà: credendo che Ivan voglia la morte del padre, anche a seguito di alcuni segnali ambigui di Ivan stesso, finisce per ordire un piano diabolico e uccidere il vecchio. Quando al terzo incontro con Ivan scopre la verità e si confronta con il suo disprezzo, si sente tradito e si impicca lasciando un biglietto: "Distruggo la mia vita di mia volontà e per mio desiderio, non accusate nessuno".»

Sulla stanza era calato un silenzio opprimente e anche l'aria sembrava diventata afosa, irrespirabile.

Almansi ascoltava con un'espressione cupa e infastidita, curvo su sé stesso, e i suoi occhi neri parevano incollati al parquet, dove il labrador era tornato a sdraiarsi ai piedi del suo padrone. Pagano stava nuovamente seduto di tre quarti e cercava il suo sguardo senza trovarlo. Katia aveva bevuto ogni parola del detective lasciando trapelare un malessere dove covavano rabbia, ansia e forse un inconfessato desiderio di scappare.

«Complimenti», disse alfine il senatore. «Una *lectio magistralis* degna di un dottore in lettere che ha sbagliato mestiere.»

«Quando è venuto da me», replicò Pagano, «il tuo amico aveva già deciso di ammazzarsi. Come Smerdjakov.»

«Perciò gli hai fatto togliere le manette?» rispose Almansi alzando la voce e senza degnarlo di uno sguardo. «E lo hai fatto entrare da solo nel tuo ufficio senza preoccuparti di far sparire la pistola?»

«Abito al quinto piano: si sarebbe buttato dalla finestra.»

«Chi ha confuso i desideri con la realtà? Non sei più lo spaccamontagne di un tempo, Bacci. Non ti sei accorto d'essere diventato un povero invalido fragile come vetro? Come hai potuto non renderti conto che anche Gianni Coiro poteva fare di te quello che voleva?»

«Hai ragione», rispose Pagano. «So di avere sbagliato e ciascuno fa i conti con la propria coscienza.»

«Meglio tardi...»

«Ma non sono venuto per parlare di me. Non vuoi sapere che cosa mi ha detto prima di ammazzarsi?»

«Pensavo lo avessi già riferito alla polizia.»

«Dopo Vasco siete le prime persone a saperlo, e forse rimarrete le sole.»

«Allora sentiamo», accondiscese il senatore.

«A differenza del servo dei Karamazov, che supplica di non accusare nessuno, Coiro mi ha detto che sei stato tu a chiedergli di uccidere Adele Semeria e di sparare a me.»

A quelle parole Cesare Almansi raddrizzò il busto ed ebbe un sussulto che si trasmise al docile Ludwig, che di colpo si scosse e si sollevò come sferzato da una scarica elettrica.

«Cooosa?» urlò. «Stai scherzando, vero?»

«Quando c'è la morte di mezzo non scherzo mai.»

«Io gli avrei chiesto di...»

L'incarnato scurito dal sole si era fatto paonazzo e non sapeva dove tenere le mani, le appoggiava sulle cosce, se le passava tra i capelli e le infilava nella tasca della giacca. Al cospetto della rigida staticità di Pagano, che lo fissava seduto al suo fianco, i suoi gesti mi ricordarono quelli di una marionetta mossa da un puparo che cercasse di sbrogliarne i fili.

Katia era sbiancata e aveva portato la mano sulla bocca come per trattenere un grido di spavento.

«E perché lo avrei fatto?» riuscì a domandare Almansi.

«Perché di Adele ti eri stancato e non la sopportavi più. Non è vero forse?»

«Sarà anche stato vero, ma...» farfugliò. «Non penserai sul serio che... È assurdo.»

«Anche avere coperto un assassino per trent'anni è assurdo.»

«Ma perché mai avrei voluto che tu...»

«Quando ti ho consegnato la registrazione, soltanto noi tre conoscevamo la verità sull'omicidio.»

«E allora?»

«Togliendomi di mezzo il vostro segreto era al sicuro.»

«E tu pensi *davvero* che io sarei capace di uccidere?»

«A sentire lui avevi un'altra buona ragione, ma su questo credo che si sbagliasse.»

Comprese al volo e arrossì come un bambino colto in fallo. Per nascondere il suo turbamento di fronte a Katia stirò un sorriso improbabile e si affrettò a dire qualcosa.

«Bacci, perdio, ci conosciamo da quarant'anni. Come hai potuto pensare...»

«Mi ha detto che dopo il nostro colloquio, quando ti ho consegnato la prova della sua colpevolezza, sei andato a casa sua alle due di notte e gli hai ordinato di farmi pedinare.»

«Io? Ma che sciocchezza!»

«De Paoli mi pedinava, è stato visto da un testimone affidabile.»

«Quando?»

«Quando cosa?» rispose il detective, fingendo di non capire che Lou doveva avere informato l'amante del nostro incontro al Carmine.

«Quando è stato visto?» ripeté irritato Almansi.

«Una quindicina di giorni prima che ti portassi la registrazione.»

«E dunque... Ma poi, che c'entro io con De Paoli?»

«Gli amici degli amici...»
«Ma vaffanculo!»
«Però rimane vero.»
«Che cosa?»
«È stato Coiro a spararmi.»
«Coiro?»
«Sì, *il tuo amico* Gianni. Il SUV lo guidava De Paoli. Mi ha riferito che lo avevano rubato nel pomeriggio e poi hanno cominciato a seguirmi, anche se non ci credo.»
«Meno male», commentò con un sospiro.
«Aspetta: non ce li vedo quei due che rubano una macchina. Probabilmente si sono fatti aiutare da qualche scagnozzo della 'ndrangheta. Del resto ha ammesso che la pistola con cui mi ha sparato gliel'hanno fornita loro. Ma sono certo che guidasse l'architetto e che sia stato Coiro a fare fuoco.»
Quanto più la conversazione procedeva tanto più il senatore andava assumendo un'aria smarrita, come se fosse finito in una dimensione parallela dove la logica e i sentimenti che regolano i rapporti tra gli uomini fossero evaporati, un mondo rovesciato dove nulla potesse essere previsto né dato per scontato.
Anche Katia appariva allibita ma, al contrario del marito, conservava un'immobilità che la faceva rassomigliare a una statua. Forse per la sua magrezza, il colorito della pelle e la sua mitica bellezza sfiorita mi fece venire in mente la Maddalena lignea di Donatello, e anche il dolore che la affliggeva sembrava lo stesso.
Finalmente anche il marito le rivolse la sua attenzione e, quasi volesse chiedere perdono per delitti che non aveva commesso, domandò in tono implorante: «Katia, non dici nulla? Non ti sembra un brutto sogno?».
La moglie lo scrutò con i suoi occhi verdi che erano diventati gelidi, duri, e non rispose. Forse per lei il brutto sogno stava per finire.
«Ma perché», domandò Cesare con la voce rotta dall'emozione, «perché Coiro avrebbe cercato di ucciderti? Non sa-

peva della registrazione né che avevi trovato la prova della sua colpevolezza. Quale interesse aveva a farti fuori?»

«Aveva intuito che ero arrivato alla verità.»

«E allora? La verità senza prove...»

«Credo che lo abbia fatto *per te.*»

«Per me?»

«Sì, per te», ripeté il detective in tono severo. «Perciò ti ho raccontato la storia di Ivan Karamazov e di Smerdjakov.»

«Aspetta, aspetta», farfugliò Almansi sollevando le mani, come a riprendersi dal colpo. «Stai affermando che Gianni ha ucciso *due volte*... no, cosa sto dicendo? *una* volta e l'altra ha *tentato* di farlo, per soddisfare un mio desiderio?»

«Quello che *riteneva* fosse un tuo desiderio.»

«La tua teoria non sta in piedi», replicò lapidario, anche se il simulacro di sorriso che aveva abborracciato per apparire convincente non avrebbe persuaso neanche un bambino.

«Dopo quello che mi ha raccontato Katia», rispose Pagano volgendo il busto verso di lei, «è la sola spiegazione plausibile.»

L'impassibilità di quest'ultima non lo scoraggiò. Forse pensò che quella donna ferita tutto poteva concedersi fuorché mostrare la propria sofferenza di fronte al marito. In sua presenza doveva apparire glaciale e irraggiungibile, come le plaghe della Patagonia.

«Non è così, Katia?» domandò.

Lei stava per rispondere quando Cesare intervenne continuando ad agitare le mani senza costrutto. Cercava disperatamente di recuperare un barlume di lucidità per controbattere gli argomenti di Pagano, che evidentemente sentiva tanto insidiosi quanto le accuse di Coiro.

«Cosa ti ha raccontato mia moglie?»

«Coiro aveva un asso nella manica: sapeva che tu, prima della morte di Adele, avevi visto Katia abbracciata a un altro. Quando me l'ha riferito mi è crollato il mondo addosso. Tu hai sempre giurato di non avergli mai detto niente. Stamattina Katia ci ha spiegato come è venuto a saperlo e ti ha... diciamo così, scagionato.»

Almansi afferrò il senso delle parole di Pagano e si fece quasi baldanzoso.

«Io non ho mai raccontato niente a Coiro», protestò tornando ad alzare la voce, «né di Adele né di te. Quali cazzo di desideri avrebbe cercato di soddisfare al punto di arrivare a uccidere?»

Pagano torse nuovamente il busto e ficcò uno sguardo duro, quasi feroce, in quello dell'amico, il quale si sforzò di sostenerlo rivelando uno stato d'animo che suonava supplica piuttosto che sfida.

Seguì un silenzio appena rotto dal canto incongruo degli uccellini che saliva dal giardino. Finché il detective, scandendo le parole, domandò: «Vuoi davvero parlarne ora?».

«Lo voglio io», disse Katia a bruciapelo.

Cesare non aveva scelta e stette al gioco. «Forza», incalzò con una spavalderia che non era da lui. «Cosa aspetti?»

Pagano si volse nella mia direzione, quasi a cercare un cenno di approvazione, e anch'io non potei fare altro che inarcare le sopracciglia spingendolo a inoltrarsi su un terreno minato.

«Conoscevi bene il tuo amico», attaccò. «Abbastanza bene per sapere che aveva un fiuto animalesco, un istinto al quale non sfuggiva niente. Lui nutriva per te una specie di venerazione e si era accorto che qualcosa aveva sconvolto la tua vita. Probabilmente non sapeva della tua relazione con Adele, ma aveva capito che un peso ti opprimeva e ti rendeva infelice. Quando lei piombò all'improvviso al Covo di Nord Est e tu lo pregasti di riportarla a casa tutto gli risultò chiaro. Fu colto da una rabbia bestiale al pensiero che gli avevi nascosto le ragioni della tua sofferenza: aveva un'idea primitiva dell'amicizia, fondata sulla lealtà e sulla fedeltà piuttosto che sulla stima, ma ti era troppo devoto per mandarti al diavolo e ubbidì come avrebbe fatto lui», e indicò Ludwig che si aggirava nervosamente per la stanza, «il tuo cane fedele. Sfogò la sua furia sulla povera Adele, massacrandola a pietrate, e quasi certamente la sua mente malata concepì quel crimine come estrema prova della sua dedizione, perché ti aveva liberato per sempre da quel tormento.»

Il senatore aveva abbassato lo sguardo e respirava a fatica. La fronte era imperlata di sudore e sedeva nuovamente ricurvo, le braccia tese tra le gambe e le dita intrecciate come se pregasse.

«Non potevo immaginare...» sussurrò.

«No, non potevi», confermò Pagano ammorbidendo il tono. «Ma lo hai coperto, Cesare. Per trentatré anni.»

«Non vorrai insinuare che io...»

«Non insinuo niente. So che appena hai saputo dell'omicidio sei andato a casa sua e lo hai riempito di cazzotti, ingiungendogli di spiegare cosa era successo.»

«Gli ho spaccato il labbro e due denti», confermò. «È finito al pronto soccorso.»

«Ma ti è bastato un biglietto ferroviario – una prova che, da avvocato, sai bene quanto fosse irrilevante – per prestare fede alla sua storia inverosimile e raccontare agli inquirenti una montagna di balle.» Fece una pausa e aggiunse: «Sai qual è stato il particolare del tuo racconto che da subito non mi ha convinto?».

Almansi tacque e si limitò a scuotere il capo.

«Non le false deposizioni rilasciate alla polizia e al magistrato. Quelle potevano starci: dopotutto era stato tuo padre a suggerirti di non fare il mio nome per proteggermi e, se avessi raccontato che c'era Coiro, questi sicuramente mi avrebbe tirato in ballo. È stato il fatto che hai nascosto a lui, *a tuo padre,* che con noi c'era il tuo amico.»

Katia aveva seguito la spiegazione di Pagano accompagnandola con impercettibili segni di assenso, come se le sue parole portassero finalmente il sole su vaste zone d'ombra che avevano oscurato la sua esistenza negli anni trascorsi con il marito. Aveva confessato che Coiro la spaventava e che in lui vedeva una specie di doppio, l'anima nera del cavaliere senza macchia e senza paura di cui si era innamorata a quindici anni e che nel tempo era rimasto fedele a sé stesso.

Si rivolse al detective e, con voce incolore, disse: «Bacci, ora spiegami perché Coiro ha cercato di ucciderti».

«Qualche giorno prima delle elezioni ci siamo incontrati

e siamo finiti in un ristorante dove servono dell'ottimo sushi. Non è stato un caso, lo pedinavo da tempo e quella sera decisi di abbordarlo mentre tornava a casa, nella città imbiancata dalla neve. A tavola parlammo a lungo...»

«Queste cose le so», lo interruppe con un sorriso intenerito. «Me le ha raccontate Cesare e le ho lette sui giornali. Dimmi piuttosto quale desiderio di mio marito credeva di soddisfare uccidendoti.»

«Aveva intuito che avevo scoperto la verità e temeva che lo denunciassi. Se si fosse saputo che Cesare aveva protetto un assassino...»

«So anche questo», lo interruppe ancora. «Ma c'è dell'altro, vero?»

Bacci si sforzò di comporre la sua espressione da sfinge e rimase in silenzio, senza staccare gli occhi da quelli di lei.

«L'hai detto tu che Coiro pensava ci fosse *un'altra buona ragione*, ma che forse si sbagliava.»

Almansi aveva di colpo cessato di agitarsi e fissava Pagano con la faccia di un condannato a morte.

In quel momento nella mente del detective doveva essersi scatenato l'inferno. Un turbine di pensieri e sentimenti contrastanti lacerava il suo animo e non c'era ingabbiatura ortopedica che potesse contenerli, né chirurgo capace di estirparli liberandolo dalla persecuzione. Ma durò un attimo, come una gelida folata di vento, esaurendosi in un'impercettibile contrazione della mascella. Solo un abilissimo giocatore avrebbe colto quel segnale e rilanciato con la sicurezza di vincere.

Ma Katia si era arresa da tempo e non aveva più voglia di giocare. Tornò a sorridere, un sorriso che significava: "non importa", lasciando intendere che quel test non era destinato al marito – che dava irrimediabilmente per perso – ma a Bacci stesso, per verificare quanto il calore che gli aveva dimostrato fosse amicizia e complicità o semplice omaggio al ricordo della splendida ragazza che assomigliava come una goccia d'acqua alla Valentina dei fumetti.

Del resto l'amico di Bacci era lui, Cesare, l'uomo che Katia aveva scelto come compagno di vita, ignorando le attenzioni del ragazzo altrettanto bello e generoso, dotato degli stessi occhi scuri, ma privo del carisma e del nome di Almansi, povero in canna e candidato dalla vita non a palazzo Madama ma a essere un perdente. Come coloro che Cesare difendeva in tribunale. Come Gianni Coiro.

Quando ci ritrovammo sul taxi che scendeva tra le ville infrattate nel verde, lasciata la coppia alla deriva dopo il naufragio su una scialuppa dall'approdo alquanto incerto, Pagano seduto al mio fianco taceva avvolto dalla stessa cupezza dell'andata. Mi domandai se il suo pensiero andasse a Lou e al suo destino di eterna amante, o ad Aglaja che lo aveva minacciato di lasciarlo in balia di sé stesso.

A un tratto si scosse e, quasi sentisse il bisogno di giustificarsi, disse: «Non toccava a me decidere per loro».

«Certo che no», risposi. Hai qualche dubbio?»

«Mi dispiace per Katia, anche se ha capito che non potevo fare altrimenti.»

Ancora l'assillo di un conto in sospeso verso una donna.

«E poi», ammise, «sono troppo implicato per arrogarmi il diritto di demolire la loro unione. Sono stato innamorato di Katia e lo sono stato di Lou...»

«Credevo lo fossi ancora», lo interruppi.

Gli scappò un mezzo sorriso e disse: «Cesare non le racconterà quello che è successo oggi ma, se mai lo facesse, si incazzerà con me pensando che ho taciuto al solo scopo di danneggiarla».

«La reputi così stupida?»

Rimase in silenzio a pensare finché l'auto, nella sua discesa verso il centro, non lasciò la circonvallazione a monte infilandosi nella galleria dei tigli che ombreggiano via Bertani. Quindi si decise a rispondere.

«Hai ragione, forse è quello che vuole.»

«Che cosa?»

«Essere un'amante. Altrimenti dopo tanti anni si sarebbe stufata e lo avrebbe mandato al diavolo.»

«Può scopare con chi le pare senza sentirsi in colpa», mi scappò detto, e subito mi pentii. Non sapevo se Lou Suárez e Pagano avessero fatto sesso, ma quella frase suonava poco rispettosa verso i sentimenti del detective.

Invece Pagano se ne uscì con una risata che suonò liberatoria e domandò quasi eccitato: «Dove stiamo andando, Vasco?».

«A casa tua», risposi.

«No, aspetta», disse con entusiasmo quasi infantile. «Guarda che magnifica giornata. Ho voglia di vedere il mare da vicino.»

E ordinò all'autista di imboccare via Serra e scendere verso piazza Brignole.

«Andiamo a Sturla», propose esultante. «Sulla spiaggia di Vernazzola.»

20.
AGLAJA

Intorno alle tre del pomeriggio il taxi ci ha lasciati davanti al palazzo dove abita Pagano, sulla collina di Castello. Il detective ha insistito per pagare la corsa e, conclusa la delicata manovra per scendere dall'auto, sulla soglia della crêperie è comparsa come d'incanto la figura massiccia del Capitano, con indosso una T-shirt grigia, calzoni corti, zoccoli di plastica e un grembiule immacolato che sembra appena uscito dalla lavanderia.

Il detective alza lo sguardo verso il proprio appartamento e mi lancia un'occhiata interrogativa dove trapela più ironia che apprensione.

«Se ne sarà andata davvero?» domando.

«Proviamo a citofonare.»

I secondi trascorrono lenti senza che nessuno risponda, ma il suo volto non dà segni di preoccupazione e la sua sicurezza mi provoca un sottile fastidio.

Finalmente la voce di Aglaja, alterata dal gracchiare del citofono.

«Chi è?»

Pagano mi dà di gomito perché sia io a parlare.

«Eccoci, Aglaja», rispondo a voce alta. «Siamo arrivati.»

La serratura del portone scatta e il detective mi invita a salire.

«Parla un po' con lei», suggerisce avviandosi verso la crêperie. «Mi trattengo qualche minuto con il mio amico e vi raggiungo.»

Trovo la porta dell'appartamento aperta ed entro chiedendo permesso. Nessuna risposta, della giovane non c'è traccia. Sul tavolino del soggiorno noto alcuni fogli sparsi che, al momento di uscire, sicuramente non c'erano. Mi avvicino per dare un'occhiata. La cartellina di plastica ricorda le fotocopie che Mara ha consegnato a Pagano qualche giorno fa. Si tratta di un famoso saggio di Freud, *Psicologia delle masse e analisi dell'io.* I fogli in evidenza sono quelli del nono capitolo, *La pulsione gregaria,* e qualcuno – probabilmente il detective stesso – ha sottolineato alcune righe: «Quest'esigenza di uguaglianza è la radice della coscienza sociale e del sentimento del dovere. In maniera inattesa essa si palesa persino nel terrore che hanno i sifilitici di infettare gli altri (...). Il timore di questi infelici corrisponde al loro violento opporsi al desiderio inconscio di estendere agli altri la propria infezione: perché infatti dovrebbero essere i soli a essere infettati ed esclusi da tante cose e gli altri no? Anche il bell'aneddoto del giudizio di Salomone poggia su questo stesso nucleo: se a una delle due donne è morto il bambino neanche l'altra deve averne uno vivo».

Un morbido ciabattare di infradito di gomma alle mie spalle mi induce a voltarmi. Aglaja è ferma in mezzo alla stanza e mi guarda con gli occhi assonnati. Indossa un vestitino bianco stropicciato e sembra essersi appena svegliata. Deve essersi lavata la faccia e ha i capelli raccolti con una molletta.

«Dov'è mio padre?» domanda.

«Si è fermato a parlare con René. Tra poco sarà qui.»

Continua a scrutarmi con un'espressione accigliata. «Ha visto quanto è stronzo?»

«Non prendertela: con questa trasferta abbiamo risolto il caso.»

«Poteva succedergli qualcosa...»

«È filato tutto liscio», replico con dolcezza. «Credimi, continuare ad arrovellarsi gli avrebbe fatto molto peggio. Ora è più sereno e, prima di rientrare, è voluto andare al mare per vederlo da vicino.»

Scuote il capo cercando di ricacciare indietro il sorriso; sento che è sul punto di cedere e lasciar cadere il broncio confezionato apposta per ricevere suo padre. Si guarda intorno disorientata e alla fine domanda: «Lei ha figli, Vasco?».

«Una femmina e un maschio.»

«Più grandi di me?»

«La prima ha trentacinque anni e il secondo dieci di meno.»

«Sono sposati? Fidanzati?»

«Lei è separata, lui ha la ragazza ma non convivono. Perché me lo chiedi?»

Inclina il capo e stira uno sbadiglio imbarazzato. «Non so», risponde. «Forse dovrei allargare il giro delle mie amicizie.»

«Non sei soddisfatta?»

«Così così.»

«Sicura che sia una questione di amici?»

«Che intende dire?» domanda punta nel vivo.

«Tuo padre mi ha detto che gli amici non ti mancano.»

«Lo so cosa pensa mio padre: che diventerò una suora.»

«E tu?»

«Io cosa?»

«Tu cosa pensi?»

Prima di rispondere incassa la testa tra le spalle, come una tartaruga di fronte al pericolo. «Le occasioni non mi mancano: forse ho solo paura.»

«Paura di che?»

«Non so: di legarmi e perdere la mia libertà», risponde facendo vagare lo sguardo per la stanza. «Forse assomiglio a mio padre.»

«Tuo padre ha fama d'essere uno sciupafemmine.»

«Lo credevo anch'io, ma ora che lo conosco bene ho capito che è una stronzata.»

«Sono d'accordo.»

Cambia bruscamente tono e a bruciapelo domanda: «Vivono con lei?».

«Chi?»

«I suoi figli.»

«No, ormai sono grandi. Lavorano entrambi e sono indipendenti.»

Va a sedersi sul divano e comincia a raccogliere i fogli

sparsi sul tavolino. «Stavo cercando di leggere questo articolo quando mi ha preso un sonno... Deve averlo portato Mara a mio padre. Qui di indipendenza non c'è traccia.»

«Ti riferisci al saggio di Freud?»

«A Freud e a noi due: mio padre e io.»

«Credo gli sia stato utile per confermare i suoi sospetti.»

«Mi ha detto che a spararagli è stato quell'uomo. Lo stesso che è venuto qui per suicidarsi. Lo ha fatto perché si sentiva in colpa?»

«Non credo», rispondo soppesando le parole. «La sua è stata piuttosto una vendetta.»

Annuisce, come se avesse capito, ma ho l'impressione che stia pensando ad altro. «Non succede tutti i giorni che uno sconosciuto ti piombi in casa e si spari in bocca.»

«*La dipendenza*», azzardo. «La dipendenza di tuo padre deve essere un peso difficile da portare alla tua età.»

«È quello che pensa anche lui.»

«Non è così?»

«Da quando gli hanno sparato si sente in colpa verso il mondo, specialmente verso le donne. Io non faccio eccezione, anche se ho provato a spiegargli che quella di stargli vicino è una mia scelta. Non me l'ha chiesto nessuno e, per una volta, nessuno mi ha detto di non farlo. Neanche mia madre.»

«Credo di capire la sua preoccupazione, dopotutto stai facendo un sacrificio.»

«Io non la vedo così», ribatte secca. «Lei non immagina che cosa ha significato per me ritrovare mio padre.»

«È vero. Forse ho intuito qualcosa di quanto ha significato per lui ritrovare te.»

«Deve sapere che, mentre gli faceva la guerra in tribunale, mia madre non ha mai smesso di parlarmi di lui: del suo coraggio, del suo fiuto e delle sue passioni, quella per le donne e quella per la musica di Mozart.»

«Ti ha insegnato a essere fiera di lui?»

«Più o meno. Nello stesso tempo mi impediva di vederlo e sosteneva che attaccarsi a un padre che gioca ogni giorno alla roulette russa significa vivere nel terrore e non conoscere la serenità.»

«E ti ha anche detto quanto lui ti volesse bene?»

«Anche», conferma. «L'ho odiata, anche se ora comincio a capire che l'ha fatto per me.»

«È quello che pensa anche lui.»

«Glielo ha detto papà?»

«Sì.»

«Il fatto è che anche la mamma ha fatto degli errori. Quello più imperdonabile è stato pretendere l'impossibile.»

«Il genitore è un mestiere difficile, Aglaja. Si finisce sempre per sbagliare qualcosa.»

«C'è un solo modo», continua seguendo il filo del suo ragionamento, «per instillare in un figlio amore per il padre e nello stesso tempo reprimere il suo desiderio di vederlo.»

«Quale?»

«Stargli addosso, non mollarlo un istante. Decidere di ogni ora, ogni minuto della sua giornata e della sua esistenza. È quello che ha fatto mia madre con me. Studio, sport, amicizie, hobby. Tutto. Per molti anni non mi ha dato tregua, rinunciando a vivere la *sua* vita per vivere solo e ossessivamente la *mia*.»

«Non desideravi vedere tuo padre?»

«Eccome se lo desideravo! Ma non ho mai trovato il coraggio di dirlo, neanche a me stessa. Quando mi telefonava lo trattavo con freddezza, anche se il cuore mi batteva a mille. Era come vivere in un regime militare.»

«Una specie di militarizzazione degli affetti.»

«Finché ho cominciato a ribellarmi. A frequentare nuovi amici, cessare di massacrarmi con lo studio e col nuoto e farmi qualche canna. Mia madre non è stupida e ha capito che era arrivato il momento di cambiare rotta. Così ha chiesto di incontrare mio padre fuori dall'aula di un tribunale. Non succedeva da dieci anni. Si sono visti qui vicino, al Roger Café, e si sono presi una ciucca colossale.»

«Come lo hai saputo?»

Le sfugge una risatina maliziosa, non priva di tenerezza. «Me l'ha raccontato Giovanni, il nuovo marito della mamma. Era furioso e rosso d'indignazione. Poco ci è mancato che gli ridessi in faccia.»

«E dopo?»

«Quando stavo per compiere diciott'anni sono scappata e ho raggiunto mio padre in Sardegna. All'inizio non è stato facile, ma ho comunque un bel ricordo di quella vacanza alla Marina di Sarrala.» Fa spallucce e si corregge: «Oddio, una vacanza molto *sui generis*: anche quella volta ci è scappato il morto. Ed è stato un peccato che sia finita così».

«Com'è finita?»

«Sono arrivati i carabinieri con un'ingiunzione del giudice di rispedirmi a casa.»

«Accidenti!»

Mi guarda di sottecchi e torna a ridacchiare. «*Cazzo!*»

«Prego?»

«Mio padre avrebbe detto: "Cazzo!"»

«In un romanzo avrei usato anch'io quella parola.»

«Quella denuncia è stata il colpo di coda di mia madre, l'ultimo atto all'insegna della filosofia: "Devi fare sentire pensare quello che dico io". Una volta che sono diventata maggiorenne anche lei ha cominciato a cambiare ed è perfino arrivata ad accettare che venissi a vivere qui con lui. Abbiamo fatto filotto: io ho ritrovato mio padre e lei sé stessa.»

Sto per commentare: "Una storia a lieto fine", quando mi viene in mente che a settembre Pagano potrebbe non uscire vivo dalla sala operatoria.

«Ora capisce perché occuparmi di mio padre non mi pesa?»

«Non del tutto: l'hai scelto e questo ti fa sentire libera anche nella costrizione...»

«Non lo faccio perché *devo*, ma perché lo *voglio*. Dal momento in cui ci siamo ritrovati ho sperimentato cosa sia la libertà. Lui è fatto così: ti mette davanti alle tue scelte senza farti pressione. Non cerca di controllare la tua vita. Questa mattina, quando mi sono incazzata e ho minacciato di non farmi più vedere, avrebbe anche potuto dirmi: "Fa' come credi, io non ti ho chiesto niente", e non mi sarei incazzata di più.»

«Sarebbe stato ingeneroso...»

«Forse sì, ma è la verità. Lui non chiede niente. C'è e basta. È per questo che trovo assurdo e imbarazzante il suo senso di colpa.»

«In queste settimane abbiamo parlato a lungo e mi sono convinto che non sia solo senso di colpa.»

«Secondo me non tollera che le persone che ama siano arrabbiate con lui.»

«Non ci avevo pensato, ma forse hai ragione.»

«Ma non trova stupefacente che un uomo così soffra per la rabbia degli altri?»

Mi domando se tocchi a me parlarne e prolungo il silenzio. Poi mi decido e dico: «Non quando si teme che mancherà il tempo».

Aglaja mi lancia un'occhiata spaurita, dove la sorpresa sembra sopraffatta dal dolore. «Il tempo... per cosa?»

«È ossessionato dall'assillo di trovare un punto d'incontro, un sentimento condiviso che dia ragione di quanto è accaduto.»

«Accaduto *con chi*?»

«Con tua madre, con te, con Mara...»

Resta come paralizzata, gli occhi che scivolano via e il respiro corto, e mi accorgo che in lei sta crescendo la rabbia. Infine incrocia il mio sguardo e con voce dura replica: «La verità è un'altra: è prigioniero del passato».

«In parte sarà così, ma è difficile non esserlo quando il futuro...»

Si morde il labbro e gli occhi color nocciola si fanno lustri. «Deve guardare avanti.»

Mi sta dicendo che le cure che gli ha prodigato in questi mesi non bastano. Forse perché è già accaduto, non è pronta a perderlo una seconda volta.

«È questo che gli chiedono le persone che gli vogliono bene», insiste.

Continuo a guardarla e non dico niente.

«È questo che gli chiediamo io, la mamma, Mara, Gina...»

«Lo so, Aglaja», replico trattenendo a fatica l'impulso di abbracciarla. «E credo che lo sappia anche lui...»

«...ma non può fare niente, vero?»

«Temo di no.»
«Nessuno può fare niente.»
«Questo non è vero: la sua vita è in buone mani, ma non sarà una passeggiata.»
«La sua vita», sussurra con voce strozzata, «la *nostra* vita non è mai stata una passeggiata.»
«So anche questo.»
«Posso farle una domanda?» chiede cambiando improvvisamente registro, quasi volesse allontanare tutto quel dolore. «Nel romanzo che state scrivendo raccontate anche altre indagini?»
«Appena qualche accenno, perché?»
«Tre anni fa si è occupato di un grosso intrigo internazionale ed è finito su tutti i giornali.»
«Ti riferisci al traffico d'armi, quando ha ucciso il miliardario Rudolph Mayer?»
«Sì, è stato anche processato e dopo l'assoluzione gli americani hanno fatto un baccano infernale.»
«Quando c'è di mezzo un cittadino americano fanno sempre così. Sono convinti che l'unica giustizia giusta sia la loro. Nel caso di tuo padre non sono andati fino in fondo solo perché la morte di Mayer faceva comodo anche ai loro servizi segreti.»
«Vedo che è ben informato. Allora saprà anche che mia madre e io siamo dovute scappare.»
«No, non lo sapevo.»
«Tutto è stato organizzato in gran segreto da un agente della CIA, un ex amico di papà.»
«Ex amico?»
«A me stava simpatico, ma era un gran figlio di puttana. È stata la sua squadra a massacrare i quattro giovani arabi in Canneto il Curto, la notte in cui Obama è stato eletto presidente. E sembra che molti anni prima avesse fatto uccidere decine di *campesiños* in Uruguay. Comunque con me e con la mamma è stato un galantuomo: eravamo in pericolo e ci ha fatte fuggire mettendoci al sicuro.»
«Perché mi racconti queste cose?»
«Perché questa sarà la seconda volta.»

«Che ti trovi in pericolo?»

Torna a guardarmi di sottecchi, ma stavolta nei suoi occhi leggo paura e una sconfinata, irrimediabile tristezza. «No, che volerò negli Stati Uniti in compagnia del fantasma della morte.»

21.
FINZIONE E REALTÀ

La deposizione resa da Pagano al dottor Sampietro, il sostituto procuratore a cui era stata affidata l'inchiesta, risultò convincente ed esaustiva e portò alla chiusura dell'istruttoria relativa all'attentato contro il detective.

Giovanni Coiro aveva sparato perché, dopo il colloquio con Pagano nel ristorante di salita San Matteo, aveva intuito che quest'ultimo aveva scoperto la verità sull'omicidio di Adele Semeria.

Coiro non aveva agito da solo e Pertusiello era riuscito a ottenere dall'architetto De Paoli la confessione che alla guida del SUV grigio metallizzato c'era lui. In cambio aveva finto di credergli quando giurava che Coiro non aveva mai lasciato trapelare l'intenzione di uccidere Pagano.

«Non sapevo che in tasca avesse un'arma», dichiarò agli uomini della sezione omicidi che lo guardavano lasciandosi sfuggire qualche risolino. «Quando arrivammo all'altezza della Porta dei Vacca e mi chiese di affiancare la Vespa, immaginavo volesse gridargli qualcosa. Invece estrasse la pistola e prima che potessi fermarlo sparò due colpi.»

La polizia accreditò anche l'ipotesi che l'auto fosse stata rubata dai due compari, e lo fece sulla base di un atto di fede, senza verificare se De Paoli avesse idea di come un SUV di ultima generazione possa essere messo in moto senza disporre delle chiavi. Alla fine l'architetto se la sarebbe cavata patteggiando una pena ridotta, per il furto dell'auto e la mancata denuncia di Coiro.

La calibro 9 con cui quest'ultimo aveva sparato non fu mai

trovata e pertanto le indagini relative a chi gliela avesse fornita restarono senza soluzione.

Tutto ciò aveva un obiettivo preciso, quello di non collegare il tentato omicidio all'inchiesta sulla 'ndrangheta, al fine di semplificarne l'iter processuale e di lasciare che i rapporti di Coiro e De Paoli con la mafia restassero oggetto del lavoro del dottor Cardini.

La scelta era sostanzialmente corretta, perché in effetti nell'attentato a Pagano la mafia non c'entrava niente e il boss Salvatore Morabito non aveva avuto alcun ruolo. Pagano non solo era convinto che chi aveva rubato la macchina e aveva fornito la 9 millimetri a Coiro non avesse idea dell'uso che questi intendeva farne, ma pensava addirittura che, una volta appreso quello che era successo, Morabito si fosse incazzato come un orso e avesse fatto passare ai responsabili un brutto quarto d'ora. Quell'attentato, infatti, gli era costato caro e avrebbe fatto il possibile per evitarlo.

Nel corposo fascicolo dell'istruttoria il nome del senatore Almansi figurava un'infinità volte, ma solo in quanto l'avvocato aveva ingaggiato Pagano durante la campagna elettorale, per la sua antica amicizia con Coiro e per gli intrecci già messi in luce dall'inchiesta per l'omicidio di Adele Semeria.

Non fu facile per Pagano convincere Pertusiello che questa versione dei fatti era l'unica possibile. Soprattutto perché, alla scadenza delle ventiquattr'ore, al suo amico commissario aveva raccontato tutto, anche il colloquio con Katia e il confronto con il senatore nella sua villa delle alture. Mancavano due mesi all'intervento e, di fronte all'idea di restare paralizzato, essere ridotto a un vegetale o morire sotto i ferri, il detective non se l'era sentita di mentire all'amico con cui aveva lavorato per oltre vent'anni e dal quale aveva sempre ricevuto aiuto e protezione.

La verità, quella esaustiva e impalpabile ricostruita dall'investigatore dei carruggi, non doveva essere resa pubblica. Avrebbe compromesso l'immagine di un generoso avvocato che per anni si era speso in tribunale in difesa dei deboli e dei perdenti, combattendo come Davide contro Golia gli interessi miliardari delle multinazionali e l'intreccio perverso tra politici collusi, finanzieri corrotti, imprenditori senza scrupoli e criminalità organizzata, e avrebbe gettato un'immotivata ombra di sospetto su un politico integerrimo che si stava impegnando in parlamento per impedire che, intorno alla partita dei rifiuti, gli interessi di pochi finissero per recare danni irreversibili alla salute della collettività.

La verità, quella vera e impalpabile, restava appannaggio di pochi individui, che a essa avrebbero legato le proprie scelte e il proprio destino, tenendola in serbo come un prezioso segreto o comunicandola ad altri sotto la pressione dell'odio, della colpa o dell'amore. Così era per Katia, forse decisa a uscire dal limbo o rassegnata a cercare le proprie ragioni nella solitudine dei luoghi più impervi del pianeta. E per Cesare che, un giorno o l'altro, nell'intimità della casa del Carmine l'avrebbe magari confessata a Lou, rischiando di perderla o di legarla ancora di più a sé.

Del resto, quella verità appariva troppo letteraria per essere ammessa nell'aula di un tribunale. Neanche Dostoevskij, nella stesura dei *Fratelli Karamazov*, si era sognato di metterla in gioco nel processo al fratello di Ivan, il focoso Dmitrij Fëdorovic.

E, tuttavia, quella verità così letteraria e impalpabile vantava un pericoloso, irriducibile testimone che presto l'avrebbe dichiarata al mondo. Il romanzo era concluso ed essa era scritta nero su bianco, con nomi e cognomi e dovizia di particolari, nelle sue pagine.

All'ufficio di Pagano erano stati tolti i sigilli e il detective era tornato a occuparlo, trascorrendovi le proprie giornate e sentendosi meno morto in attesa che arrivasse il 2 di settembre, giorno in cui sarebbe partito per gli Stati Uniti.

Erano le nove e un quarto di una mattina calda e afosa di fine luglio e sopra il giardino deserto della facoltà di architettura un cielo estenuato, d'un azzurro sbiadito e lattiginoso, occhieggiava dalla porta-finestra spalancata. Sulla scrivania, vicino al registratore in funzione, giaceva una cartellina di plastica trasparente che conteneva un plico di fogli scritti al computer. Era la stesura definitiva del mio – del *nostro* – romanzo.

La stesura che quanti hanno avuto la costanza di seguirmi fin qui hanno letto in queste pagine, né una parola di più né una di meno. Pagano l'aveva ricevuta il giorno prima e l'aveva già letta due volte.

«È buono», disse con aria soddisfatta. «Peccato che tu debba riscriverlo.»

«Riscriverlo?»

«Cambiare tutto: nomi, luoghi, circostanze.»

Mi aspettavo questa obiezione ed ero preparato a controbattere.

«Possiamo cambiare i nomi dei personaggi e qualche dettaglio. Il detective non abiterà in stradone Sant'Agostino ma alle Vigne, il senatore lo facciamo deputato e lo sbattiamo a vivere in corso Italia...»

«Non basta», insisté. «La vicenda deve svolgersi in una città diversa da Genova, altrimenti tutti capiranno di chi stiamo parlando.»

«Se scrivo una storia che si svolge in un'altra città dimezzo le vendite.»

«Vázquez Montalbán non ha ambientato il suo *Assassinio al Comitato Centrale* a Madrid?»

«Purtroppo non ho il talento di Manolo.»

«Non sottovalutarti: il romanzo è più che decente. Forse un po' statico per essere un noir, ma non è colpa tua se il detective non esce di casa. E poi anche Stout e Deaver hanno personaggi che non possono muoversi...»

«Stout e Deaver non hanno niente in comune con me.»

«Il plot funziona, non sarà la *location* ad alienarti i lettori.»

«Ma come? Hai letto tutti i miei romanzi e definisci la città una *location*? Non ti sei accorto che Genova è molto di più? È un luogo dell'anima e della memoria, un'aria che si respira, un modo di essere e guardare al mondo...»

«Bell'affare.»

«Può non piacere, ma è così. Questo detective è genovese fin nel midollo, non posso farlo indagare lontano dal mare.»

«Sbattilo a Napoli o a Palermo.»

«Ci sono fior di autori più noti che ci hanno già pensato.»
«Venderai più copie nel resto d'Italia.»
«Ne venderò – ne *venderemo*, visto che siamo soci al cinquanta per cento – meno della metà, fidati di me che conosco il mio pubblico.»
«Allora ambientalo all'estero. Che ne diresti di Marsiglia, che assomiglia tanto a Genova e ha perfino un santuario che si chiama Nostra Signora della Guardia?»
«Anche Marsiglia ha il suo autore noir, uno scrittore con la S maiuscola.»
«Potrebbe diventare l'occasione per farti pubblicare in Francia e in altri paesi...»
«Non se ne parla», replicai deciso. «Piuttosto che rinunciare ad ambientare il romanzo nella mia città comincio a scriverne uno nuovo e questo lo pubblicherò tra qualche anno, quando tutti si saranno dimenticati di Gianni Coiro, del tuo amico senatore, di Adele Semeria...»
«...e del sottoscritto.»
Lo sussurrò sottovoce, con una sfumatura di amarezza, e formulando forse in cuor suo uno scongiuro scaramantico.
Io mi resi conto che non c'erano altri romanzi da scrivere. E non perché mi mancassero le idee. Come mi succede spesso, mentre lavoravo alla stesura dell'indagine sull'attentato, il vuoto che avevo avvertito nei mesi precedenti era scomparso. Raccontavo le vicende del detective e degli altri protagonisti di questa storia e in anfratti remoti della mente prendevano forma nuove trame, personaggi inediti e situazioni drammatiche originali.
Non c'erano altri romanzi da scrivere perché tra me e Bacci Pagano era successo qualcosa. Con quest'uomo burbero e lunatico, ferito nel corpo e nell'anima ma dotato di una forza insospettabile, avevo stabilito un legame profondo e contratto un debito morale. Se il suo amico senatore, sotto la pressione dell'affetto e dei sensi di colpa, aveva avvertito l'impulso di affidare a uno scrittore il compito di conservare qualcosa di lui, per me la frequentazione assidua del detective era stata una lezione di vita e dopo quell'esperienza non ero più lo stesso. Non lo stesso scrittore e,

per quanto alla mia età appaia difficile cambiare, nemmeno la stessa persona.

Forse perché costretto a confrontarsi con la morte, Pagano mi aveva insegnato che la nostra esistenza è sempre inscritta in un disegno del destino. Il destino non è un'entità astratta, ma il prodotto delle vicende che hanno interessato le generazioni che ci hanno preceduto. Molti di coloro che lo hanno forgiato – talvolta quelli decisivi – non li abbiamo mai conosciuti e anche i loro nomi si sono persi nei meandri del tempo e della storia. Quel disegno attribuisce senso alla nostra vita ma anche la incatena a un copione prestabilito al quale, con alterna fortuna, cerchiamo talvolta di ribellarci.

La scrittura e la vita sono stati i due tavoli su cui Pagano e io abbiamo giocato la nostra partita contro il destino.

«C'è una domanda», dissi alzandomi in piedi e cominciando a camminare nervosamente per la stanza, «che avrei voluto farti da tempo.»

«Ti ascolto», disse mentre caricava la pipa di schiuma.

«A proposito della dignità del dolore.»

«Nientemeno», biascicò lasciandosi sfuggire un sorriso, il bocchino stretto fra i denti.

«Parlando di Edipo hai affermato che senza consapevolezza non c'è tragedia e la sofferenza perde significato e diventa puro accidente, casualità.»

Incendiò il fiammifero e accese. L'odore acre del tabacco si diffuse nell'aria ferma del mattino coprendo il profumo di glicine che esalava dal giardino di architettura.

«È così», rispose. «Non sei d'accordo?»

«Non del tutto. Penso che il nostro dolore sia riscattato, prima che dalla consapevolezza, da quello di coloro che ci stanno vicini.»

Rimase in silenzio, tirando lunghe boccate, mentre lasciava che gli occhi vagassero per la stanza illuminata da un sole velato dalla maccaia e accarezzassero le costole dei libri, i dischi, i quadri appesi alle pareti e l'apparecchio stereo silente. Finché si arrestarono, come colti di soprassalto, fissando il foro sul muro sopra lo stipite della porta.

Contrasse la mascella e un'espressione sofferta gli deformò il volto.

«Qualche giorno fa, dopo tanti anni, ho guardato la televisione», disse.

«Hai comperato un televisore?»

«Mia figlia è un'accanita cinefila. Dopo il trenta e lode di filologia romanza le ho regalato un apparecchio TV e un lettore DVD che ha sistemato nella sua stanza.»

«Ottima scelta anche per te», commentai. «Finché non potrai uscire e andare al cinema, qualche buon film ti aiuterà a distrarti.»

«Abbiamo visto alcune puntate di una serie piuttosto interessante che racconta il lavoro e le vicende personali di uno psicoanalista. Aglaja mi ha spiegato che si tratta di un format israeliano che è stato riprodotto quasi identico in altri paesi, tra i quali il nostro. Durante il dialogo con il suo supervisore, parlando di una paziente e di sé stesso, il protagonista rievoca la condizione di un figlio che per varie ragioni si ritrova a fare da genitore al proprio padre o alla propria madre. Riconosce che è qualcosa di terribile, contro natura, e a un certo punto afferma che quella perversione dei ruoli si porta dietro la morte.»

«Stai pensando ad Aglaja?» domandai.

«Sto pensando a quello che hai detto, Vasco: hai ragione tu.»

«Non ti seguo.»

Indicò il foro dal quale era stato estratto il proiettile che aveva ucciso Gianni Coiro. «Il destino gioca d'anticipo e la comprensione arriva sempre troppo tardi, quando i giochi sono fatti. Tutto quello che possiamo fare è condividere il dolore degli altri finché sono vivi.» Fece una pausa e aggiunse: «E finché lo siamo noi».

«Aglaja non è più una bambina», replicai. «Qualche giorno fa ho parlato con lei: la sua è una scelta consapevole.»

«Resta una figlia», rispose con un sospiro. «E io suo padre.»

Seguì un lungo silenzio che riempì con gesti meticolosi svuotando il tabacco nel posacenere e ripulendo la pipa con uno scovolino.

«Sembri particolarmente affezionato a quella pipa», gli feci notare.

Gli sfuggì un sorriso e la sollevò in aria orgoglioso. «Me l'ha regalata Aglaja per il mio ultimo compleanno.»

«A proposito, stamattina non si è vista. Scommetto che è andata al mare.»

«È partita presto», spiegò. «Ha preso la mia automobile per andare a Framura, sulla spiaggia di Vandarecca.»

«La conosco bene», commentai. «In gioventù ci andavo spesso: più che una spiaggia è un greto sassoso, ma ci ho lasciato il cuore.»

«Non so dove lei abbia lasciato il suo cuore, ma ci è andata con Essam.»

Tornai a sedermi davanti a lui e lo scrutai di traverso. «Allora», domandai. «Dimmi che devo fare di questo manoscritto. Ho sentito ieri la direttrice editoriale e lo aspetta per la fine del mese.»

Si accarezzò la barba, che era cresciuta ancora e gli conferiva l'aria di un vecchio saggio ormai pronto ad affrontare qualsiasi evenienza, anche la peggiore.

«D'accordo», disse. «Non farò questo torto alla mia città, non lo merita. È una storia genovese e non avrebbe senso trasporla altrove.»

«Sono contento che la pensi così», replicai strizzandogli l'occhio. «Dopotutto, si tratta di un romanzo di finzione, no?»

Prima della sua partenza ci siamo rivisti ancora qualche volta. Il primo settembre sono andato a salutarlo e nel soggiorno mi sono imbattuto in due voluminosi trolley pronti a essere imbarcati su un volo transcontinentale che evocava le angosce di una missione di guerra. Ad aprire la porta è venuta Aglaja e mi ha spiegato che con lei e suo padre sarebbero partite anche Gina Aliprandi e Clara, la quale non avrebbe mai permesso che la figlia affrontasse senza di lei un frangente così drammatico.

Pagano è sbucato dall'ufficio e, quando mi ha visto, mi si

è fatto incontro e ci siamo afferrati le mani, stringendole forte.

«Notizie del romanzo?» ha chiesto.

«È in stampa», ho risposto. «Sarà in libreria a fine mese.»

«Bene bene», ha borbottato con un sorriso tra rammaricato e compiaciuto. «Comunque vada, è una storia che meritava d'essere raccontata.»

RINGRAZIAMENTI

A Marco Arena, il «sindaco del Carmine»,
Guido Rodriguez,
Elena Fiorini,
Elisabetta Migliavada, Alessandro Mola, Alba Bariffi e tutto il team Garzanti,
Stefano Tettamanti,
Arianna Destito, alla quale rubo di tanto in tanto qualche idea.

UN INTUITO INFALLIBILE.
UN PASSATO TORMENTATO.
UN SOLO SCOPO: STANARE IL MALE OVUNQUE SIA.
È BACCI PAGANO.

L'investigatore più amato dal pubblico e dalla critica.

«Bruno Morchio ha saputo inventare un personaggio
umano e pieno di ironia.»
«Il Venerdì di Repubblica»

«Bacci Pagano: tra Pepe e Chandler, quel detective dei carruggi
ha ormai spopolato.»
Stefano Bigazzi, «la Repubblica»

«Benché sia nato come personaggio di carta
Bacci è perfetto per la fiction televisiva, quella migliore.»
«Diario»

«Sa tenere un ritmo serrato, sa intrattenere bene chi legge.»
Giorgio De Rienzo, «Corriere della Sera»

«Il segreto del suo successo? Il passaparola,
lo strumento più scientifico del marketing librario.»
Pietro Cheli

«Bruno Morchio è in grado di dare voce a una città irripetibile,
dove si sfiorano e s'intrecciano di continuo mondi diversi.»
«Thriller Magazine»

«Quando è ora di alzare il ritmo,
Morchio mette in mostra tutta la sua classe.»
«Noir Magazine»

Bacci Pagano, un detective originale al quale ci si affeziona subito. Fumatore di pipa, accanito amante della sua Vespa, è un analfabeta di sentimenti, che ha le carte in regola per non passare inosservato. Come tutti i suoi colleghi, Bacci si scontra con il male e con la stupidità del mondo, ma è spesso costretto a fare i conti col proprio passato: è stato in carcere, più per ingenuità che per terrorismo, ama i piaceri della vita (a cominciare dalle donne), soffre per la lunga separazione dalla figlia, sta male quando è costretto a sparare... e soprattutto è ricco, anche nelle debolezze, di una umanità che si trasforma nel fiuto che è la sua maggiore dote professionale.

Dal catalogo
Garzanti

Bruno Morchio
LE COSE CHE NON TI HO DETTO

L'investigatore privato Bacci Pagano non sa dire di no alla richiesta di Mara, una delle donne della sua vita: dovrà tenere a bada le inquietudini del dottor Nicolò Ingroia, detto il Gigante, lo psicoanalista che vive sulle alture che sovrastano Genova Nervi. In realtà avrebbe più di un motivo per rifiutare l'incarico: non è il suo mestiere occuparsi di un alcolizzato che ha tentato il suicidio; e poi il Gigante l'aveva già incontrato vent'anni prima, quando indagava sulla morte di un suo giovane paziente misteriosamente ucciso in Thailandia.
Tra memoria e presente, dall'Estremo Oriente ai carruggi della città vecchia, Bacci Pagano deve mettere alla prova tutta la sua tenacia, in una vicenda in cui all'odio e alla disperazione si oppongono l'intelligenza e la ragione, alla ricerca di una verità elusa e sepolta.

Dal catalogo
Garzanti

Bruno Morchio
ROSSOAMARO

In una corsia d'ospedale Bacci Pagano sta vegliando Jasmìne Kilamba: è riuscito a stento a liberarla da una gang di sadici assassini e ora la donna sta lottando tra la vita e la morte. Lo avvicina un anziano tedesco di nome Kurt Hessen, arrivato a Genova alla ricerca del fratellastro italiano, del quale sa soltanto che la madre era di Sestri Ponente e si faceva chiamare Nicla... Hessen vuole affidare l'indagine all'investigatore dei carruggi, che d'istinto rifiuta. Ma a convincerlo bastano un assegno molto, troppo generoso e, forse, qualche altro oscuro motivo. Inizia così un viaggio nel passato che riporta Bacci alla Genova del 1944 popolata di soldati tedeschi, fascisti, partigiani e spie, dove i suoi genitori e il nonno Baciccia lavoravano come operai e Nicla serviva alla mensa dell'Ansaldo Fossati. L'immagine della giovane, informatrice della Resistenza infiltrata presso i nazisti, si sovrappone a quella di Jasmìne, prostituta nera fuggita da una terra senza speranza. E anche la città dilaniata dalla guerra, dalla miseria e dalla fame si confonde con la metropoli contemporanea, investita dal vento della globalizzazione.

Dal catalogo
Garzanti

Bruno Morchio
COLPI DI CODA

Luogo della strage: un piccolo appartamento al quarto piano di un palazzo nel cuore di Genova. Nelle due misere stanze giacciono i cadaveri di quattro giovani maciullati dalle raffiche dei kalashnikov. Sono poco più che ragazzi, probabilmente arabi, senza nome e identità. A chiedere a Bacci Pagano di indagare sul massacro e di tirar fuori dai guai Bashir, il giovane inquilino dell'appartamento, è l'imam Abdel Ghaffar, una personalità di primo piano della comunità islamica italiana. L'imam manda Bacci a Lisbona, a incontrare Rodney O'Flaherty, giornalista freelance esperto di geopolitica e scenari di guerra. E l'indagine prende subito una piega pericolosa, che costringe Bacci a trasferire la figlia Aglaja e l'ex moglie negli USA, al sicuro, mentre nella Genova della borghesia e degli immigrati, degli operai e delle puttane, nel suo porto dai mille traffici misteriosi si aprono scenari inediti e inquietanti, che impegnano servizi segreti di diversi paesi intorno a un colossale traffico di armi.

Dal catalogo
Garzanti

Bruno Morchio
LO SPAVENTAPASSERI

Un cellulare che squilla nella notte, una voce irriconoscibile e poche taglienti parole: una minaccia di morte. Cesare Almansi, avvocato di successo, ha da poco deciso di entrare in politica quando sono iniziate ad arrivare queste misteriose telefonate. C'è solo una persona a cui può rivolgersi: il suo vecchio amico del liceo, il detective Bacci Pagano. Sono passati anni da quel lontano '68 e dai cortei a cui i due partecipavano per le vie di Genova, trascinati dall'idea di cambiare il mondo puntando su valori diversi, di giustizia e uguaglianza. Valori in cui Cesare crede ancora e che intende tradurre in realtà candidandosi a senatore. Ma qualcuno vuole fermarlo, anche se l'avvocato non ha idea di chi possa essere. Nessuna pista per Bacci Pagano, che inizia a indagare nell'intricato sistema di interessi che ruotano intorno alla campagna elettorale. Eppure su quel fronte tutto pare risolversi in un buco nell'acqua. L'investigatore dei carruggi avrebbe bisogno del suo intuito infallibile, ma per la prima volta nella sua carriera, è distratto da qualcosa, o meglio da qualcuno: Lou, la responsabile dell'ufficio stampa di Almansi, capelli biondi e occhi azzurri come due squarci feroci di cielo. Bacci Pagano rimane invischiato in una relazione fatta di attrazione e incomprensioni, di passione e di fughe improvvise.
Quando l'indagine rivela un oscuro intreccio fra passato, presente e futuro, il detective deve fare i conti con le proprie convinzioni, la propria storia e il senso stesso della propria esistenza. E con un remoto omicidio che lo induce a non fidarsi più di nessuno. Nemmeno del suo amico. Nemmeno di Lou. Perché anche la donna gli nasconde qualcosa. Non c'è più alcuna certezza e il gioco si è fatto davvero molto pericoloso.

Bruno Morchio
FRAGILI VERITÀ

Giovanni ha 16 anni, ed è scomparso.
Il suo è un passato di degrado nelle favelas colombiane: un terribile modo di essere bambini che, attraverso l'adozione internazionale, i suoi genitori italiani – benestanti dell'alta borghesia genovese – hanno cercato di cancellare. Ma ora che è cresciuto,Giovanni sembra vittima di un destino che torna a riaffiorare con violenza.
A Bacci Pagano tocca un compito piuttosto semplice: rintracciare il ragazzo, il lavoro ideale per rimettersi in sella dopo la pericolosa indagine sul passato dell'amico Cesare Almansi, che gli è quasi costata la vita.
Ma quando, ritrovato Giovanni, Bacci intravede le tracce di un traffico di droga legato alla causa delle FARC, le Forze armate rivoluzionarie colombiane, sente crescere un senso di responsabilità. Non lascerà il giovane in balia di chi vuole usare il romantico ricordo di un padre guerrigliero per strumentalizzare un minorenne. Soprattutto perché Bacci, con il suo mai sopito spirito rivoluzionario, quel gioco lo capisce fin troppo bene.

Dal catalogo

Garzanti

Bruno Morchio
IL PROFUMO DELLE BUGIE

La famiglia D'Aste è una delle più in vista della città: una ricchezza antica, continuamente accresciuta grazie all'attività immobiliare e a solide relazioni con i poteri forti del luogo, a cominciare dai politici.
Su tutti, nell'ampia villa con vista sul mare dove risiedono i D'Aste, domina il vecchio patriarca, il nonno Edoardo. Egli ha deciso di puntare tutto sul venticinquenne nipote Francesco: sarà il volto nuovo della famiglia, e a lui viene affidato il risanamento di un'area industriale dismessa. Intanto crescono le tensioni fra Edoardo e i figli: il padre di Francesco, medico insicuro e nevrotico, e la sorella appena tornata da un lungo soggiorno in India. Sono proprio le donne, in casa D'Aste, ad avere un ruolo centrale negli equilibri e nelle faide familiari: la moglie di Edoardo, anziana e malata; sua nuora Rosita, che non essendo «nata bene» resta per sempre un corpo estraneo al clan; e soprattutto Dolores, la fidanzata di Francesco, con la sua leggerezza e la forza seduttiva della sua giovinezza e della sua sensualità. Sarà lei a scardinare l'ipocrisia che ha sempre regolato i rapporti familiari e a far divampare contrasti soffocati troppo a lungo, nell'arco di poche settimane – raccontate attraverso il punto di vista dei tre uomini della dinastia – che conducono a un Natale decisivo per la vita di tutti.

Finito di stampare nel mese di giugno 2016
da Press Grafica s.r.l., Gravellona Toce (VB)